蜜月の幕があがる

藍生 有

white heart

講談社X文庫

目次

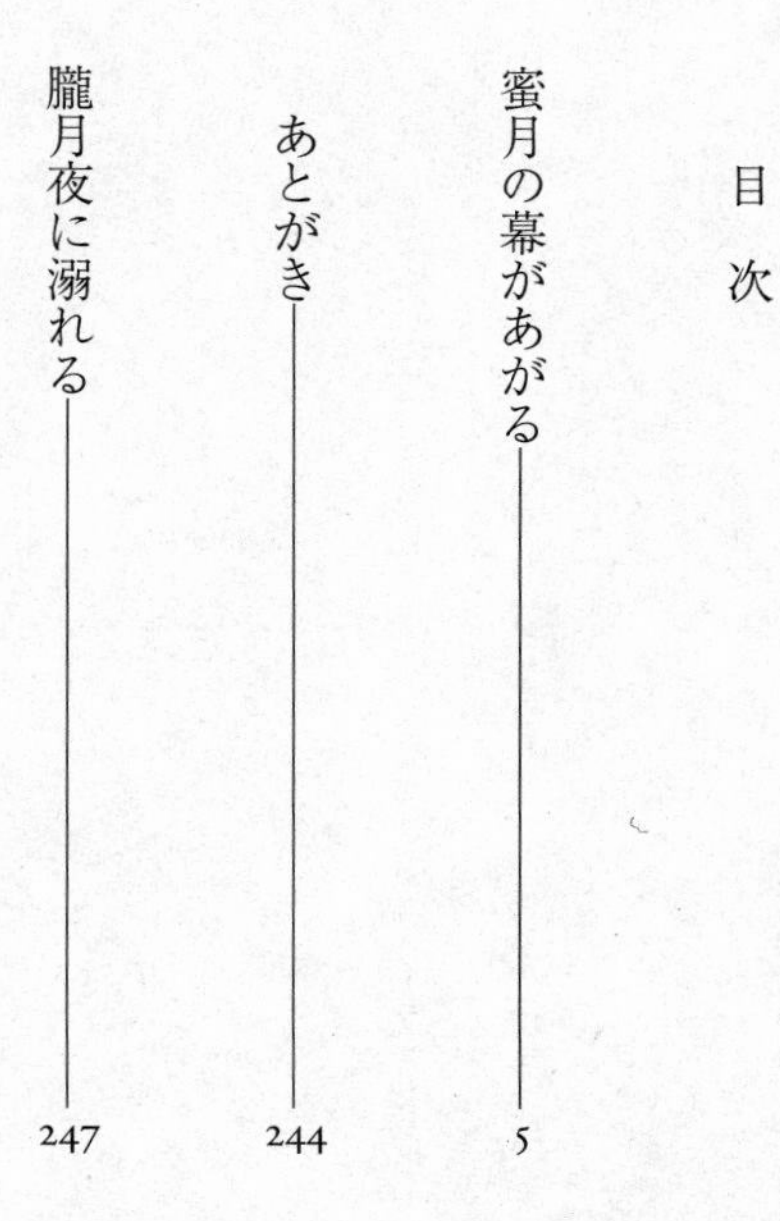

イラストレーション／慧

蜜月の幕があがる

「お二人の出会いは学生時代ということで、友人から発展したそうです」

「将来のファーストレディでしょうか」

「期待してしまいますね」

昨日から、ワイドショーは若手政治家、島津史弥の結婚を繰り返し伝えている。相手は女優の沢渡澪子。ドラマや映画で主役を演じる人気女優だ。

なんの噂もなかった二人の電撃婚で、澪子は妊娠も同時に発表している。ダブルでおめでたいニュースだと大々的に祝福するのは、暗いニュースが続いていた反動からか。

舟沢薫はソファに座り、ぼんやりと画面に映る二人の写真を眺めた。お似合いですね、という言葉がやけに耳に残る。知的な美人の澪子と、くっきりとした目鼻立ちで背の高い史弥は確かにお似合いだと思う。でも、と続けたくなる気持ちを、ため息に変えた。

それにしてもニュースの扱いが大きい。人気女優の澪子はともかく、島津史弥はまだ一期目の衆議院議員だ。病気で引退した元外務大臣の父の地盤を引き継いで一年も経っていない。それなのにもう将来の首相候補と呼ばれている。さすがに早すぎだと思うが、見た目もよくて言葉に力のある彼に期待する人は多いようだ。普段は辛口のコメンテーターも彼を絶賛している。

指先に硬いものが当たり、そこで薫は初めて無意識のうちにリモコンを摑んでいたことに気がつく。苦笑しつつテレビを消そうとしたその時、バスルームのドアが開いた。

下着にTシャツ姿で出てきた彼——島津史弥につい笑ってしまう。

「将来の首相候補がこんなところにいていいのか」

テレビの中の彼はスーツ姿で髪を整えていて落ち着いた印象だ。だが目の前にいる彼は、風呂上がりで髪も少し濡れている。その状態だと二十八歳という年齢よりも幼く見えた。

「そう思うなら引っ越して」

憮然とした顔で言い返した彼が、薫の座るソファに近づいてくる。薫はテレビを消し、テーブルにリモコンを置いた。

「俺にはこれが限界」

昨年引っ越してきたこのマンションは、築年数は経っているが駅から近くて広い。家賃もそれなりで、薫の収入からすれば頑張ったほうだ。

史弥が当然のように薫の隣に座る。途端にソファが狭くなった。

「ここに座るなよ。俺が落ちるだろ」

「ソファが小さいんだって」

そう言いつつ体を寄せてくる。湯上がりの彼からは、自分と同じボディソープとシャンプーのにおいがした。

「この部屋にこれ以上のソファは置けないぞ」

「そうだけどさ。せめてあっちのマンションに住めばいいのに」

史弥があっちと言うのは、薫の母が残してくれたマンションのことだ。都内の一等地にあるそれを薫は遺産として引き継いだ。ファミリータイプの3LDKで、一人暮らしの薫には不相応な広さのため、今は賃貸に出している。

他にも母は地元の長野にマンションを残してくれた。それらの家賃収入のおかげで薫の生活は安定している。

薫は舞台を中心に活動する俳優だ。初舞台から六年になるが、まだ若手俳優といってもらえる二十九歳。2・5次元と呼ばれる原作の再現を重視した舞台で人気キャラクターを演じた三年前までは、家賃収入だけでは心もとなくバイトもしていた。

「あそこは俺一人には広すぎる」

「でもうちに近い。あそこなら毎日会える」

マンションは史弥の事務所がある議員会館からさほど遠くない。それも当然だ、あのマンションを購入したのは薫の母の夫――つまりは史弥の父なのだから。

「毎日って、お前には家族がいるんだぞ」

軽く言うつもりが、咎めるような口調になってしまった。史弥の腕が肩に回り、首筋に顔を埋められる。唇が押し当てられる感覚に身震いした。

「やめろ」

強く吸われたら痕が残ってしまう。そんな人目につく場所に痕をつけられたら困る。

「いいじゃん、次の稽古は来週からでしょ」

話してもいないのに史弥がスケジュールを把握しているのはなぜか。彼はきっと、薫のスケジュールのアプリを勝手に見ている。許可した覚えはないのだけど、と心の中でため息をついた。

「雑誌の撮影が入ったんだ」

「ふーん、なんの雑誌？」

「まだ言えない」

未発表の舞台の取材だ。情報解禁日までは家族にだって話せない。万が一のために、解禁前のものはスケジュールにただ舞台とだけ書いてある。

「俺も一緒に行きたいな。兄さんの撮影をそばで見たいよ」

「見ても楽しくないだろう」

「楽しいとかそういう問題じゃない。俺の知らない兄さんの顔を見たい、それだけ」

だめかな、と薫の髪に指を絡ませながら聞いてくる。今この瞬間は冗談でも、もし頷いてしまったらそれを言質として撮影を見学しに来るかもしれない。その可能性は潰しておきたい。

「だめだ。お前が来たらみんな驚く」

「そうかな、スーツ着てないと意外とばれないよ」

振り返って軽く睨む。史弥はわざとらしく目を見開いて、薫から離れた。

「分かった、行かないよ。でもいつか、同じ雑誌に載ったりするかも。その時は許して」

「俺とお前が載る雑誌ってなんだよ」

俳優と政治家。自分たちに表向きの接点はない。

「うーん」

なんだと思う、と適当な会話をしながら、史弥は薫の腰を抱いてきた。

「兄さんと同じ雑誌に載ってみたいな。あ、でも写真週刊誌はだめだ。不倫相手は兄だって書かれちゃうかもしれないし」

何がおかしいのか、史弥はくっと声を上げて笑う。

不倫。自分には縁がないと思っていたその単語が、今は薫を苦しめる。でもそれを史弥に気づかれたくなくて、わざと違うところにひっかかってみせる。

「俺はもうお前の兄じゃない」

お互いの親が結婚していた時期があるだけで、薫と史弥に血の繋がりはない。母が亡くなり、史弥の父と養子縁組もしていない薫は、史弥とはもう他人だ。だけど史弥はいつまでも、薫を兄さんと呼ぶ。

「じゃあ元兄？」

変な感じ、と史弥は肩を竦める。薫が何も言わずに黙っていると、腰に置かれた史弥の手に力が入った。

「そんなに俺たちのことを公表したくないの？　ただの兄弟なのに」

「……ただのって」

そんな言葉でくくれる関係なのか。言いかけた言葉を、史弥の明るい声がかき消す。

「まあ、普通の兄弟ではしないことをしてるけど」

史弥が体を寄せてくる。横から抱きつかれる姿勢が苦しくて身をよじったら、あっさりその腕の中に捕まってしまう。

「こんなことして、いつかばれたらどうするんだ」

「どうしようか。俺の好感度を上げるのに、澪子のお腹の中にいる子が俺の子どもじゃないってリークでもしようかな」

「はぁ？」

想像していなかった提案に目を見開く。

「そんなことをしたら彼女が苦しむだろう」

「そこはきっとうまくやるよ、女優なんだから」

他人事のように史弥は言った。そして薫を見て目を細める。

「高校時代から付き合っていた彼氏と婚約したところで、相手が事故死。悲しみにくれていたところで妊娠に気がついた。一人で産むと決めた彼女の前に相手の親友の俺が現れて、子どもの父親にしてくれと言われた。世間には自分の子どもとして育てるから結婚してほしいとプロポーズされて、彼女はその手をとった」

どう、と笑いかけられても返事に困る。史弥が口にしていることは基本的に嘘ではないと知っている。

「百点ではないけど、それなりの美談だろ」

確かにその話は表面的には美談かもしれない。だけどその裏にあるのは、決してきれいではないそれぞれの欲望だ。

「……子どもを利用するな」

どうしてもそこだけは譲れなくて、ついきつい口調になった。

「そうだね、子どもを利用しているのは否定しないよ」

でも、と史弥が視線を落とした。

「俺だって、あいつの子どもを抱いてあげたいと思った」

あいつ。史弥がそう呼ぶのは、澪子の恋人だった男――柏木慎之介のことだ。薫の四歳年上だった幼馴染で、何度も舞台を観に来てくれた。いつも穏やかに笑っている人だった。

彼の子ども。そう思ったらまた違う感情が胸を満たすのが厄介だ。

「あいつがこの世に残してくれた、大切な命だ。幸せにするよ」

優しい表情に心の奥深いところがざわめく。それがなぜなのか考えたくなくて、史弥から顔を背けた。

「じゃあ俺とこんなことをしているのはだめだろう。お前を父親だと思って育つんだぞ」

どうしても言葉に棘があるのは、罪悪感の裏返しだ。自覚があるのに止められない。

「そうだね、だから立派な父親になろうと思う。でも俺は、澪子の夫になるつもりはない。彼女はずっとあいつを愛し続ける。俺はその代わりにはならないよ。なりたくもない」

とても自分勝手なことでもこんな風に言い切られると、それでいいのかと思ってしまう。史弥は昔からこうだ。だから学生の頃から周囲に政治家向きと言われてきたのだろう。

「お前はひどい男だな」

つい口をついた言葉に、なぜ彼は嬉しくてたまらないような表情をするのだろう。

「自覚はあるよ。……そうじゃなきゃ、兄を抱かないだろ」

史弥が体重をかけてきて、ソファに押し倒された。

ゆっくりと覆いかぶさってくる、自分を兄さんと呼ぶこの男と、どうしてこんな関係になってしまったのか。

史弥の手が頬に触れる。この手を拒めない自分も悪い。近づいてくる彼の表情を見たくなくて、薫は静かに目を閉じた。

二ヵ月前、史弥に呼び出された。終わりの始まりだったあの夜、月が霧に溺れていたのをよく覚えている。

「先に来てたのか」

約束の時間の五分前、薫は開けてもらった扉から中を覗いた。スーツ姿の背中に声をかける。

「うん。急にごめん」

振り返った史弥は笑ったつもりだろう。だがいつになくぎこちない。

「いいよ、ちょうど空いてたから」

舞台の稽古中の今日、史弥から話したいことがあると連絡がきた。すぐにでも会いたいというので夜の約束をして、稽古終わりに駆けつけたのだ。

史弥が指定してきた店は、薫が普段使うような居酒屋ではなく、個室がある創作料理店だった。奥にある掛け軸の正面に史弥が座っている。

「お前がそっちに座れよ」

史弥に上座を指したが、いいからと押し切られて上座についた。手に持っていたバッグを脇に置く。座布団の上でとりあえず正座をした。

「久しぶりだな」

最後にこうして顔を合わせたのは、薫が島津の家に顔を出した正月だ。あれからもう三ヵ月が経とうとしている。

「そうだね、ちょっと忙しかったから」

確かに史弥の顔が少し疲れているなと薫は思った。史弥は目鼻立ちがくっきりとしていて、疲れるとその目が窪んで見える。

「新人議員は大変そうだな」

具体的に何をしているのか分からないが、どんな仕事だって一年目は覚えることばかりだろう。史弥は父の引退前に秘書をしていたとはいえ、その期間だって長くはない。

「毎日が勉強だよ。兄さん、今日は飲めるの？」

「ああ、公演中じゃないから飲むよ」

差し出されたメニューを一瞥する。今日は殺陣の稽古がメインだったので喉が渇いていた。

「じゃあ俺も」

史弥がすぐに店のスタッフを呼んでビールを注文した。料理は任せた。薫には食べ物の好き嫌いはないが、史弥は意外と苦手なものが多い。彼の好みで注文するのが無難だ。

「なんでもいい？　ダイエット中じゃない？」

「今はなんでもいける」

演じる役によっては炭水化物を抜いたり、逆に増やしたりと体重を調整することもある。稽古中の役にはその必要がないので、さほど食事に気を遣わなくて済んでいた。

すぐに運ばれてきたビールで乾杯し、料理を食べる。薫はアルコールが好きだけど強くなく、食べながら飲まないとすぐに酔いが回ってしまう。史弥も顔には出ないが酒に弱い。昔は飲みすぎると薫のベッドに間違えて入ってきて寝ることもあった。

並んだ料理を食べながら近況報告という雑談をする。引退した父の体調があまり良くなっていないと聞いて心配になり、時間を作って会いに行くと約束した。

久しぶりなので話すことはいっぱいある。でもまずは史弥の話を聞きたい。薫は会話が途切れたタイミングで切り出した。

「ところで、何か話したいことがあったんじゃないのか」

「……ああ、うん」

史弥が持っていたグラスを置いた。崩していた足を正座にして、顔を上げる。

やけに改まった態度に真剣な話だと察して、薫も居住まいを正した。なんの話だろうか。深刻な内容なのかと思いを巡らせながら史弥が口を開くのを待つ。

「結婚しようと思う」

じっと薫を見つめながら、史弥が言った。

「え」

結婚。想像していたのとは違う、嬉しい知らせだ。じわじわとこみあげてきた喜びで、つい身を乗り出していた。

「おめでとう！　いつの間にそんな話になったんだよ」

ここしばらく、史弥に交際相手はいなかったはずだ。後援会から持ち込まれた縁談を受けたのだろうか。

「うん、昨日決まったばっかりなんだ」

「そうなのか」

すぐにこうして連絡をもらえたことが誇らしい。兄弟として共に過ごした期間は短くとも、兄として慕われているような気がする。

「で、相手は」

どんな人なのだろう。史弥の口からどれだけ素敵な人かを聞きたかった。

「兄さんも知ってる人だよ」

「俺が知ってる人?」

そう言われてもすぐに浮かばない。薫と史弥は一歳違いだが同じ学校に通ったことがなく、交友関係もそこまで把握できていなかった。

「澪子だよ。沢渡澪子」

「……は?」

あまりに意外な名前に瞬きも忘れて固まった。史弥は口元を引き結んでいる。

どうして幸せそうな顔をしていないのか。心配になりながらも、薫はどうしても確認したくて口を開いた。

「澪子って、あの澪子さんだよな……?」

ドラマに映画、CMでも活躍する人気女優だ。知的な美人だが話すと親しみやすい印象になる。史弥の横に並んでもお似合いだろう。

だがどうしたってひっかかることがあった。

「そう、兄さんも会ったことあるだろ」

「何度か。でも、……その、彼女は」

適切な言葉を必死で探そうと頭を働かせても出てこない。思わず口元を押さえた薫の前

で、史弥が表情を緩めた。

「言いたいことは分かるよ。柏木の彼女だって言いたいんだろ」

「……うん」

薫が澪子と顔を合わせているのは、彼女が友人——柏木慎之介の交際相手だったからだ。

柏木は薫より四歳年上の幼馴染だ。薫の実父と地元の名士である柏木の父が知り合いだったと母から聞いている。シングルマザーだった母が教えてくれた実父の情報はそれだけだ。薫は名前すら知らない。

今年初めの舞台にも柏木は来てくれて、終演後には食事に行った。柏木一族が地元で経営する会社の東京支社で働いている彼は、そろそろ経営側に回るので地元に戻ることになりそうだと話していた。

『地元に帰るから、澪子を連れていきたいんだけど』

『もう長い付き合いですもんね』

『そうだな。あいつを待たせちゃってるよ』

柏木の表情が少し強張（こわば）ったのを覚えている。これから緊張することでもあるのかと思ってその時は気にしなかったけど、それが急にひっかかった。

あれ、と薫はその場に固まる。食事の後から、柏木と連絡がとれていない。数週間前に送ったメッセージにも返信はなかった。

腕のあたりから寒気がぞわぞわと上がってくる。ひどくいやな予感がした。

「慎之介さん、どうかしたのか」

「死んだんだ」

史弥は静かに言った。

「死んだ？　……誰が？」

史弥は何を言っているんだろう。目の前に座っているのに、急に彼が遠く感じる。

「柏木」

「は？」

不謹慎な冗談だ。そう思った。でも史弥にふざけた様子はない。嘘だと思いたくとも、史弥がこんな嘘をつく性格ではないこともよく分かっていた。

「いつ」

声が震える。

「二週間前だ」

淡々と告げられ、はぁ、と声が出た。

「そんなに経つのか？　なんで連絡をくれなかった」

二週間前なら、別舞台で東京公演の最中だった。葬儀には参列できなくても、どこかで見送ることができたかもしれない。

「ごめん。ちょっと色々とあって、ね」

そこで史弥は声を落とした。

「表向きは交通事故ということになっている。でも自宅に遺書があったんだ。だからひっそりとするしかなかった」

「……そんな」

どうしてという問いを飲みこむ。それを知ったからと言って、今の自分にできることは何もないのだ。

静まり返った室内で、薫は唇を噛む。親しくて年の近い人の死を、そう簡単には受け止められない。

史弥がグラスをとる。だが彼は飲まずに、表面の水滴を指で拭った。

柏木は一時期、史弥の家庭教師をしていた。年は五歳離れているが二人は仲が良く、まるで兄弟のような気安いやりとりをしていた。

柏木の家は代々、島津家の後援会のまとめ役だ。史弥の選挙時は柏木も手伝っていたと聞く。最近では自分以上に柏木と親しかった史弥は、その死を受け入れられたのだろうか。

そこでふと気になったことがひとつ。口にしていいか迷っていると、史弥がこちらを見た。じっと見つめる視線に促された気がする。

「それで、どうして澪子さんと？」

「詳しくは彼女もいるところで話すけど、……お互いのため、かな」

　そこで史弥の口元が少しだけ緩んだ。

「お互いのため？」

「そう。俺と澪子は似てるから」

　似てる。それが性格的なものかどうか判断できるほど、薫は澪子と親しくない。柏木に紹介されて何度か顔を合わせた程度だ。

「とにかくちゃんと席を設けるから、その時はよろしく」

「……分かった」

　楽しみにしていると続けようか迷って、結局その言葉はグラスのビールと共に飲みほした。同じように史弥もグラスをとって飲みほす。それから少し長いため息をついた。

「父さんも引退して、柏木もいなくなって。正直に言うと怖い」

「怖い？」

　史弥がそんなことを言うなんて珍しい。彼は出会った時からいつも自分に自信がある人間特有の堂々とした振る舞いをしていた。その史弥が苦し気に胸の内を打ち明けてくれているのだと思うと、どうにかしてやりたくなる。

「怖いよ。俺の周りからどんどん信じていた人がいなくなっていく」

それでこんなに疲れているのかと理解した。澪子との結婚を決めたのもそこに理由があるのかもしれない。

「…………」

顔を伏せた史弥にかける言葉が見つからなかった。

「兄さん、お願いがある」

不意に史弥が立ち上がり、薫の横までやってきた。膝(ひざ)の上にあった手をとられる。

「戻って来て」

「……どういう意味だ」

強く手を握られて薫は戸惑った。どこへ戻ってというのだろう。

「島津に戻って、俺の秘書になって」

史弥は手を握ったまま頭を下げた。

「秘書？　俺が？」

突拍子もない申し出に薫は固まった。いきなり史弥は何を言い出すのか。

「面白いことを言うんだな」

笑い話で終わらせようとした。だが史弥はそうさせてくれない。

「俺は本気だよ。兄さんに俺の秘書になってほしい。兄さんならすべてを任せられるから」

　ぐいっと顔を上げて近づいてくる史弥は真剣な表情をしている。これは決して茶化してはいけない状況だと、薫は理解した。

「次の選挙を兄さんと戦いたい。いつ解散総選挙の流れになるかは分からないけど、そう遠くはないと俺は考えている。できたらその前に戻ってきて、俺を助けてほしい」

　頼む、とまた頭を下げられた。

「お前の気持ちは嬉しいよ。でも俺には政治家の秘書なんて無理だ」

「でも兄さんは大学で政治を勉強して、いつか父さんの役に立つようになるって言ったじゃないか」

　確かにそう言った。でもそれはまだ薫が舞台という世界に出会う前の話だ。

「……昔の話だよ。それに俺は、島津の人間じゃない」

　首を横に振る。大学卒業後、薫は島津の家と距離を置いていた。それも当然だ。だって自分は、と考えたところで史弥と目が合った。

「でも兄さんは、……」

「もうこんな時間だ」

　続きを遮って腕時計を見た。史弥が続きを言わないように、わざと明るく笑いかけた。

「帰るよ。明日の稽古も早いから」

強引に話を切り上げ、薫は財布から多めの金額をテーブルに置いた。

「澪子さんに会えるのを楽しみにしているから」

な、と微笑(ほほえ)みかける。史弥は口元を引き結ぶと、分かったと頷いた。

「また連絡する。車を呼ぶから待ってて」

「いいって、ここ駅から遠くないし」

スマートフォンを手にした史弥を手で制し、じゃあと席を立つ。預けていたスプリングコートを引きとり、荷物を手に店を出た。肌寒くてすぐにコートを着る。

駅に向かう道を歩いていると、ついため息が出そうになる。結婚の話だけなら祝福できたのにと思いつつ、お祝いはどうすべきか考えているうちに駅に着いた。

金曜日の終電近く、地下鉄はかなり混雑していた。独特のにおいがする車両の片隅でマスクの位置を直す。

スマートフォンを取り出し、今日の稽古場での写真をSNSにアップした。すぐにくるファンからの返信を眺める。事務所から返信は一切しないように言われているので、読むだけだ。それでも直接もらえる応援は励みになるし、なんとなくざらりとしていた部分が丸くなっていくのが分かる。

あっという間に最寄り駅だ。改札を出て歩き始めたところでメッセージが入る。史弥からだった。

『今日の話をちゃんと考えてほしい』

メッセージを一読し、スマートフォンをしまう。今は返事をしないほうがいいと思った。だって今、薫の指は震えているから。

それにしても、史弥は何を考えているのだろう。

自宅までの道を歩きながら考える。一歳年下の史弥のことは、正直に言えば分かるようで分かっていない。初めて会った時から彼はどこかつかみどころがなく、淡々としていた。そういえば今日だって、結婚の話をするというのにさほど嬉しそうに見えなかった。

コンビニの角を曲がると、薫が住むマンションがある。マンションに添うように見える月がぼんやりとしていた。

月が霧に溺れているかのようだね、という台詞（せりふ）を思い出す。舞台上で口にした時に想像していた月がそのまま夜空に浮かんでいた。

こんな夜を朧月夜（おぼろづきよ）というのだろう。舞台に出ていると、キャラクターや世界観に関係する歴史や文学も勉強が必要になってくる。学生時代は一生使わないだろうと思っていた知識も、今では勉強しておいてよかったと思うばかりだ。

月を見上げながら歩いていると、どこかかすかに花の香りがした。春のにおいだなと思った。

そういえば、朧月夜は春の季語のはず。それを薫に教えてくれたのは史弥だ。あれはまだ彼に兄さんと呼ばれる前、薫が中学三年の夏休み――。

「――それ、面白い？」

ぶっきらぼうな口調で話しかけられ、薫は読んでいた本から顔を上げた。さっきまで目の前で数学の問題を解いていた史弥が、薫の手元を見ている。

「面白くはないかな」

手にしているのは源氏物語の主要エピソードをまとめた本だ。夏休み初日に買って読み始めたけれど、さっぱり頭に入ってこない。

「じゃあなんで読んでるの」

「読書感想文と古典の勉強を一緒にすませようと思って」

手にとった理由はそれだけだ。合理的な考えだと自賛していたけど、全然進まないページに少し後悔はしている。もっと興味のある本を選べばよかった。

「そういうこと考えるんだ」

「そりゃあ考えるだろ」

「もっと真面目(まじめ)なのかと思ってた」

テーブルに肘をついた史弥が口元を緩めて笑った。

薫が夏休みを一歳年下の史弥と過ごすのは、今年で二年目だ。

史弥は普段、東京に住んでいる。中学に入った去年から、彼は夏を島津の本家がある長野で過ごしていた。こちらに友人がいない史弥の友達になってくれと薫に声がかかったのは、母と史弥の父が古くからの知り合いで、その縁だと聞いている。

薫と史弥はなんとなく波長があった。もし同じ学校で同じクラスにいたとしても友達になったと思う。史弥はきっとクラスの中心にいるタイプだから、薫はそれを遠巻きに眺めることになるだろうけど。それでも史弥ならきっと自分に話しかけてくるという、謎の自信が薫にはあった。

去年の夏は二人で楽しく過ごし、成績も上がった。そのおかげで今年も一緒にいられる。夏以外はたまにメッセージをやりとりする程度だが、そのタイミングもなんだかちょうどいいのだ。

島津の本家は立派な日本家屋だ。薫と母が住むマンションからは徒歩十分程度の距離にある。史弥に用意されているのは離れの一角で、そこには生活していけるだけのすべてがあったけれど、どこかがらんとしていた。

ほぼ毎日、朝九時に薫が離れにつく。迎えてくれた史弥と、エアコンが効いて涼しいリビングで、テーブルを挟んで勉強する。昼食は母屋から運ばれてきたものを食べる。時々こうして二人で手を止めて喋(しゃべ)って、おやつを食べて、たまにゲームして遊ぶ。

そうしているとまるで世界で二人だけになったような気がしてくる。その不思議さを薫は気に入っていた。学校の友達と過ごす騒がしさも楽しいけれど、それと違った落ち着きが心地よい。

ふと携帯電話を見ると学校の友人からメールが入っていた。土曜日にみんなでプールに行くけどどうだという誘いだった。それを横目に薫は数学の問題集に戻っている史弥に聞く。

「そういや、今度の土曜、どうする？」

「いつも通りのつもりだったけど、予定あるの？」

聞き返されて、薫は首を横に振る。

「いや、予定はない。でもここ、みんないないだろ。土曜はうちに来いよ」

島津家で働く人たちは土日が休みだ。本家には史弥の祖父母と叔父夫婦がいるが、史弥とは少し距離があるように見えた。

「……そうする」

「ん、母さんには言っとく」

薫はそこで友人に土曜日は予定ありと返信した。中学の友達はいつでも会える。でも史弥に会えるのは夏休みだけだ。できるだけ史弥を優先したかった。

「ちょっと見せて」

史弥が薫の読みかけの本を手にとった。ぱらぱらとめくり、手を止める。

「朧月夜。……春の季語だね」

「へぇ、そうなんだ」

知らなかった。そもそも季語なんて薫はほとんど知らない。

「さてはお前、賢いな」

「はぁ、なにそれ。俺のこと馬鹿(ばか)だと思ってたのか」

聞き捨てならんとばかりに声を張る史弥につい笑ってしまった。

「そうじゃなくて、……なんでも知ってるな、お前」

そういえば、史弥は薫でさえ名前を知っている東京の有名私立中学の二年生だった。

「別になんでも知ってるわけじゃない。ただ見たことを忘れないだけ」

さらりと言って文庫を閉じる。それはかなりすごいことなのではと思ったが、口にする前に史弥が立ち上がった。

「飲み物とってくる」

キッチンに行った史弥は、すぐに麦茶の入ったグラスを両手に持って戻ってきた。

「ありがとう」

受け取ってすぐに一口飲む。冷えた麦茶がおいしい。

「はぁ、うまっ」

体の中を冷たい麦茶が通っていくのが分かる。ふと視線を感じて史弥を見ると、彼はそっと視線を外して麦茶を飲んだ。

「あと一時間やったら、ゲームしよ」

薫は時計を見上げて提案した。史弥が頷く。

「そうしよう」

じゃあ、と二人で勉強モードに入る。薫は本を脇に退け、英語のテキストを開いた。

その週の土曜日、史弥が薫の家に来た。ごく普通のマンションに去年は戸惑っていた史弥も、慣れたのか今では薫の部屋ですっかりくつろぐようになっている。

休憩と称して二人でアイスを食べていると、薫と史弥の携帯が同時に鳴った。

「慎之介さんかな」

「だろうな」

薫と史弥へ同時にメールを送ってくる相手は一人しかいない。柏木慎之介、今年から東京の大学に通っている薫の幼馴染だ。史弥とは父親同士が親しくしていると聞く。

「「蕎麦？」」

二人の声が揃った。柏木からのメールは、蕎麦を食べに行こうという誘いだった。夏休みで帰省してきた彼は暇を持て余しているようで、明日は薫と史弥を順番に迎えに行くと予定まで書いている。

「これもう決定事項だ」

　史弥が肩を竦める。

「そうだな」

　断られることなんて一ミリも考えていないようなメールだ。二人の勉強道具でいっぱいになったテーブルで、お互いの携帯を覗き込みながら笑ってしまう。

「じゃあまとめて返事しとく」

「頼んだ」

　返信を史弥に任せてメールを読み返す。

「迎えに来るって、車かな？」

　まさか柏木家の運転手を使うつもりか。市内でも有名な大企業を経営している柏木一族の長男だけにありうる。

「慎之介さん、免許とったから運転したいんじゃない？」

　返事を打ち終わったらしい史弥が顔を上げた。

「あー、それだ」

　そういえば運転免許をとったと聞いた記憶がある。納得して史弥は携帯電話を脇に置いた。それなら気後れせずとも大丈夫だろう。

史弥も柏木もかなり裕福な家で育っていて、薫とは生活環境がまるで違う。今はともかく、将来はきっとその差が開いていくのだろう。

「——おはようございます」

翌日、予定の時間の五分前にマンションの前に出ると、もう一台の車が停まっていた。運転席から柏木が顔をのぞかせる。

「乗って。後ろ」

あれ、なんか別人みたい。そう思ったのは柏木の髪型が随分と変わったからだろう。高校時代は短かった髪が伸びていて、なんだか雑誌の中から抜け出したみたいだ。でも穏やかな笑顔は変わらない。

「はい」

言われた通り素直に後部座席に乗りこむ。かぎなれないにおいがする。シートベルトを締めようとしたら、金具にビニールがついていた。そこで薫は、この車がとても新しいのだと気がついた。

「じゃあ史弥を拾っていくぞ」

車がゆっくりと動きだした。

「久しぶりだな、元気だったか」

「はい。慎之介さんも……元気そうですね」

「おう、なんとかやってる。大学でサークル入ってバイトも始めたから忙しいよ」

柏木は楽しそうに大学生活の話をしてくる。初めての一人暮らしをとても楽しんでいるようだ。

「史弥の家庭教師をしてるって？」

「そう。あいつ、頭いいからあんまり教えることないけどな。薫はどうだ、勉強、頑張ってるか」

「まあまあ」

「なんだよ、まあまあって」

笑い声が車内に響いた。

一人っ子の薫にとって、柏木は兄のような存在だ。優しくて賢くてかっこいい。こんな風になりたいと思う。その気持ちが伝わっているのか、柏木もまた薫を弟のようにかわいがってくれている。

薫の第一志望校は柏木の出身校なので、その話でも聞こうかと思った時、島津の家が見えてきた。

「お、あいつも待ってる」

ほら、と柏木が指さした。後部座席からも史弥が門の前に立っているのが見える。

「待ったか」

「いえ。……失礼します」

抑えた声で言い、史弥は薫の隣に座った。

「史弥、お前なんか顔色いいな」

運転席の柏木が振り返って言った。

「そうかな?」

史弥に聞かれて、薫はまじまじと彼の顔を見た。

「いつもと変わんないけど」

「だよね」

頷き合っていると、そうかぁ、と柏木が間の抜けた声を出した。

「まあいいや。行くぞ」

車が動きだしてしばらくして、柏木が目的地を教えてくれた。山の麓(ふもと)にあるという蕎麦屋らしい。

「おいしい店なんだけど、一人で行きたくないんだよ」

「なんでですか」

史弥の問いに、柏木が苦笑交じりで答える。

「俺さ、一人で店に入って食事できないんだ」

初めて聞いた。どうしてだろう、不思議だ。そう思って横を見たら、史弥も頷いている。

「俺も気持ち分かります」

「だろ、なんか苦手なんだ。それならコンビニで買って家で食べるって気持ちになって。薫は平気か？」

「今のところは。でもまあ俺だって、行くのはファストフードくらいだし」

「それでも一人で行けるんだろ。俺はかなり苦手」

柏木がそう言い、史弥もそうだと同意している。そういえば史弥はこの前、薫と初めてフードコートに行ったくらいだ。あの時も少し居心地悪そうにしていたなと思い出す。

たわいもない話をしながら、車はどんどん市の中心部から離れていく。山が近くなると見える景色が普段と違って新鮮だ。柏木と史弥が話すのを聞きながら、薫は風景を眺めた。

山道に入ってすぐの蕎麦屋に着く。駐車場は既に半分ほど埋まっていた。待つことなく店内には通される。

三人でテーブルを囲み、メニューを見た。柏木と史弥が天ざるを、薫はただのざる蕎麦を頼む。

「俺が払うから遠慮するなよ」

柏木に言われて首を横に振る。

「遠慮じゃないです」

値段の問題ではない。今日のことは母に話して食事代はもらってきている。ただの好みの問題だ。

「俺、冷たい蕎麦と温かい天ぷらの組み合わせが苦手で」

正直に話したら、なぜか柏木が驚いた顔をした。

「変、ですか」

「いや、ちょっとびっくりしただけ。へぇ、珍しい、な」

少しして注文した蕎麦が運ばれてきた。三人で手を合わせていただきますと言い、箸（はし）を手にした。

「蕎麦ってこんなにうまいの。しかもいいにおいがする」

一口食べた史弥が感動した声を上げる。その時、史弥が急にかわいく見えたのは秘密だ。本人が知ったらきっと拗（す）ねる。

蕎麦を食べ終えるとそのまま山道を登ってダムを見に行き、自宅まで送ってもらった。史弥が楽しそうだと薫も嬉しくて、それからたまに、遊びに行く予定も作るようになった。

お盆の直前には二人でプールに行った。そこで史弥は泳ぐのがあまり得意ではないと知った。彼にも苦手なものがあると知って、なぜかほっとした。苦手なら去年プールに行った時に教えて欲しかったとも思った。

プールの帰り道、母親に頼まれた物を買うためスーパーに寄る。自宅の近所に昔からある、ごく普通のスーパーだ。中に進むと、すぐ後ろを史弥がついてきた。

史弥は物珍しそうに店内を見ている。もしかして、と思ったことを聞いてみた。

「スーパー初めて？」

「こういう大きい店は初めて」

「そっか。楽しい？」

「うん」

素直に頷いて、彼は商品棚を眺めている。薫にとっては日常の光景が、彼の目には違うものに見えているみたいだ。

母に頼まれたマヨネーズ等を買い、自宅に戻る。休みだった母がホットプレートを用意していた。

「お昼はお好み焼きよ。史弥くんもやってみる？」

薫とよく似た顔立ちの母は、史弥に優しく微笑みかけた。

「いいんですか？」

「もちろん」

その日、史弥は初めてお好み焼きをひっくり返した。ちょっと失敗して不格好になったそれを二人で分けて食べた。おいしかった。

母は史弥に優しかったし、史弥も母に懐いていた。だからある日の夕方、スコールみたいな大雨が降った時も、母は迷わず泊まっていきなさいと言った。

「泊まっていけばいいわ。連絡は私がしておくから」

「ありがとうございます。お願いします」

史弥が頭を下げる横で、薫は喜んだ。

「やった、史弥が泊まれる」

その夜は薫の部屋で一緒に寝た。ベッドの下に布団を敷いた。薫が風呂に入って部屋に戻ると、自分の服を着た史弥が布団の上にいた。それが不思議なくらい馴染んでいて、なんだか笑ってしまう。

史弥の泊まりというイベントのせいか、なんだか頭がふわふわする。

「いいな、薫のお母さんは美人で優しくて」

「うーん、美人かな」

自分とほぼ同じ顔の母が美人と評されるとなんだか違うなと思ってしまう。でも中学の友達にも言われるから、きっと美人なのだろう。

「美人だよ。薫に似てる」

「はは、それあんまり嬉しくない」

女性的な顔立ちだという自覚はある。きっと大人になったらもっと男っぽくなると信じているけれど、できるなら早くそうなりたい。

「なんでだよ。……褒めてるのに」

不服そうな表情を浮かべる史弥をはいはいといなし、薫はベッドに上がった。

「そろそろ寝るぞ」

「うん」

史弥はおとなしく布団に横たわった。電気を消して、薫も寝る体勢になる。

「——薫は好きな人いるの？」

史弥が唐突に言った。

「急になんだよ」

ここでそういう話題かと小さく笑った。やっぱり史弥もそういうことに興味あるんだ。

「いないよ。お前は？」

薫が聞き返すと、うーんと唸りが返ってきた。

「よく分からないんだ。見てたらどきどきするんだけど……」

語尾が薄暗い室内に消えた。

「薫」

名前を呼ばれる。暗闇の中で目が合った。——気がした。

「……なんでもない」

「なんだよそれ、気になる」

「なんでもないったら」

翌朝、なぜか薫のベッドには史弥が入っていた。さほど大きくないベッドに二人で寝ていたようで、体は痛かった。

お盆が過ぎると夏休みも残り少ないなと実感する。本は読み終わらなかった。勉強の合間に読もうと脇に置いていたら、史弥が勝手に読んでいた。もし彼が先に読んでくれたら、内容を教えてもらって感想文を書けるかもとずるい考えが頭をよぎった。

史弥が東京に戻る前日、いつものように文庫本を手にとって読んでいると、後ろから史弥が本を覗き込んできた。

「これに柏木も薫も出てくるだろ」

「そうなのか」

「ああ、出てくるんだ。まだそこまで行ってないか。読むの遅すぎ」

結構後ろ、と史弥は本の後半を指す。

「薫はどっちに感情移入するかな」

「えー、感情移入できるキャラなの？」

そんな読み方をしてこなかった。驚いて問うと、さあ、と首を傾(かし)げられた。

「どうだろ」

史弥が何を言いたいのかよく分からなくなってきた。まあいいや、と本を置く。

「明日、帰っちゃうんだよな」

夏休みをほぼ一緒に過ごし、史弥といるのが日常になっていた。明日からもう会えないなんて不思議だ。

「まあね。でもきっと、またすぐ会えるよ」

後から思えば随分と含みのある言い方をして、史弥は東京に戻っていった。

読書感想文を書くために本を読み終えた。確かに柏木も薫も出てきたけれど、どちらもあまり好きな登場人物ではなかった。それを正直に書いたら、国語の教師に素直な感想だと褒められた。

中学三年の夏休み明け、本格的な進路相談が始まる直前、母に話があると切り出された。夕食後のダイニングテーブルで、急な話で悪いんだけど、と前置きした母は普段よりも硬い表情をしていた。

「東京の高校に行かない？」

「東京？」

想像もしていなかった提案に薫は目を丸くした。

「どうしたの、急に。転勤？」

母の仕事は予備校の英語講師だ。勤務先は全国にある予備校だが、転勤はほぼないと聞いていた。

「そうじゃなくてね、……島津さんに結婚してほしいと言われたの」

「え。……島津さんって、史弥のお父さん？」

母がそうよと頷いた。

「史弥のお父さんってえらい人でしょ？　そんな人と結婚して母さんは大丈夫なの？」

立派な本家の屋敷を思い出す。島津家は地元の名士だ。史弥の父はこのあたりを選挙区としている国会議員で、確か最近、大臣になった。

「そうね、それは心配」

母が口元を引き結んだ。その表情で、薫は気づいてしまった。母が史弥の父を好きなことに。

「もし俺が、再婚はやめてと言ったらやめるの」

一応、確認をする。母は視線を落とした。そうね、と肯定した声は震えていた。

別に本気ではない。ただ母の気持ちを確かめたかっただけだ。それでも室内の空気がどんよりとした。それを打破しようと、明るく言った。

「俺、東京に行きたい」

そして心の中で続ける。母が幸せになれますように、と。

母の幸せを邪魔するのは本望ではない。

「……薫」

ありがとう。そう言った母の目から、涙が一筋、零れ落ちた。

「俺、史弥と兄弟になるのか」

「そういうことね」

「そっか、……楽しみだ」

自室に戻ると、薫はすぐに史弥には一言、『知ってた？』とメールを送った。返事は翌朝、『うん』の一言だけ。彼らしいなと思った。

進路を東京の高校に変えたら、薫はとにかく勉強しなければならなくなった。都内の島津家から通いやすい高校はどこも偏差値が高く、出題傾向も違うのだ。

それでも勉強は苦ではなかった。史弥と住める楽しい毎日に期待があった。

受験直前は何度か史弥と電話して息抜きをした。彼が励ましてくれたから頑張れた。

無事に志望校に合格し、薫は母と上京できた。引っ越しに入学手続き、制服の手配と毎日が目まぐるしかった。

四月一日に母は島津と結婚し、薫と史弥は兄弟となった。

「よろしくね、兄さん」

ちょっと照れた顔で史弥にそう言われて、胸が熱くなったことを覚えている。

写真館で四人揃って撮った記念写真が結婚式の代わりになった。

親族が集まる食事会は緊張した。粗相がないように気を遣い、なんとか乗り切った。それでも母にはかなりの負担だったようで、ひどく顔色は悪かった。

父は薫にはとても優しい人だった。外務大臣として多忙ではあったが、家にいる時はよく話しかけてくれた。食べ物の好みが薫と似ていて、よくフルーツのゼリーを二人で食べた。

高校ではすぐに友達ができた。勉強についていくのが大変そうだから部活には入らずにいたけれど、誘われて生徒会に顔を出すようになった。

島津の家で生活をし始めて数ヵ月後の初夏、母が倒れた。ただの過労だと診断されたと聞いていたが、体調がよくないと伏せる日が多くなった。薫が帰宅すると寝ていることが多く、日増しに痩(や)せていく。そしてその姿は、島津家には好ましくないものだった。

島津家には長く勤めている家政婦がいて、彼女が家事を取り仕切っていた。その人はいつも薫を見る目が冷たかったのだが、母が倒れた頃にその理由も分かった。

『島津さんの愛人が来たって?』

ひそめられた声がはっきり聞こえて、薫は咄嗟(とっさ)に柱の陰に隠れた。廊下の少し先で家政婦が同年代の女性と立ち話をしている。

『そうみたい。愛人から本妻なんて、よくやるわ。愛人の子もいるんだけど、どこの男の子どもやら』

愛人の子。その一言がまっすぐに耳に飛び込んできて、ぐるぐると回る。嫌悪感を滲ませたその言葉が誰に向けられたものなのか、薫は直感で察していた。――これは、自分のことだ。

『奥様と結婚される前からの付き合いだって噂よ。その子も旦那様の子どもだったりしてね。その子、史弥さんより年上なのよ』

その奥様、というのは誰だろう。史弥を産んで数年後に離婚し、もう亡くなったという彼の母親か。

『じゃあなに、元々は恋人同士だったの？　変な話ねぇ、結婚できなかったって家柄が釣り合わなかったのかしら』

母が父と恋人同士だったことをその時に初めて知った。そしてもしかすると、自分が島津の子どもかもしれないと噂されていることも。

どんどん血の気が引いていく。

『具合が悪いって働きもしないの。あんな人をここに入れるなんて、旦那様にも失望したわ』

二人の会話はそこで終わった。薫はいつしか詰めていた息を吐いた。

なんだか胸のあたりがむかむかする。どうにかしたくて洗面所で手を洗ってうがいをすると、鏡の中の自分と目が合った。

母親に似た顔。愛人の子。耳から離れてくれないフレーズに唇を嚙む。鏡を見るのが怖くてそっと視線を外した。

家政婦の話を聞けば、周囲がやけによそよそしいのにも納得する。島津家での生活は肩身が狭かった。

仲良くできるかと思った史弥とも、微妙に距離ができていた。同じ家にいても顔を合わせる時間は少なく、そしてどうも史弥のほうが薫を避けている。

長野にいた頃とは何もかも違う。自分はここにいていいのだろうか。

毎日そんなことを考えていた。あまりに思い詰めて、入院した母に聞いてしまったことがある。自分の父は島津なのか、と。

母はすぐに否定した。そして二度とそんなことを言うなと、珍しく強い口調で言った。

薫にとって母は、たった一人の家族だった。父を知らず、母の実家との付き合いもない中、よく育ててくれたと思う。感謝しているからこそ、母の病院には毎日通った。

自宅での療養中も、部屋で英語を教えてもらった。たまに母が話してくれる、ロンドン留学中のエピソードが好きだった。

母が亡くなったのは、再婚の二年後。薫が高校三年生の春だった。母の希望で、大々的な葬式ではなく、ひっそりと家族で送った。覚悟はできていたから泣かなかった。

葬儀の諸々が終わってまず考えたのは、これからの人生設計だ。

母が亡くなった今、もう島津の家にはいられない。高校を卒業したら就職しようと決めて、進路変更の希望を出した。

すぐに学校から連絡がいき、父にばれた。そこで猛反対され、薫は正直に自分がここにいてはいけないと思うと言った。

「そんなことを考えるな。私はお前の父親だ、薫にはやりたいことをやってもらいたい。この家をどうしても出たいというなら、ひとつ条件がある」

「なんですか」

「大学に行くことだ。心配しなくても、君のお母さんはちゃんと君のために色々と残してくれている。彼女の気持ちをちゃんと受け取りなさい」

「……はい」

島津に言われるまで、母の気持ちにまで思いいたらなかった。恥ずかしい、まだ自分が子どもで一方的な考え方しかできないのだと凹んだ。そしてそこでやっと、薫は泣けた。母を失った悲しみを素直に認められるようになった。

それからは心を入れ替えて勉強し、第一志望の大学に合格できた。いつか父に恩返しできるように、政治を学ぶ道を選んだ。

入学と同時に、薫は大学近くのアパートで一人暮らしを始めた。その時の解放感はすさまじくて、どれだけ自分が気を張り詰めていたのかと気づかされた。いつも誰かがいる家というのは落ち着かないものだ。

身の回りのものを買い揃えた頃、高校三年生になった史弥が遊びに来るようになった。島津の家ではどこかよそよそしかった彼は、薫の部屋に来ると長野にいた頃の彼に戻っていた。

「お前こんなところにいて勉強は大丈夫なのか」

「まあなんとかなるよ」

軽い口調で返す史弥は父親と同じ大学に進み、まず官僚になるつもりらしい。模試も安全圏だよと簡単に言ってのける。成績もかなりいいようだ。

「今日、泊まっていい？」

「いいけど、ちゃんと連絡入れとけよ」

「もちろん」

史弥は薫の部屋に自分のものを置くようになった。下着から始まって着替え、歯ブラシ、読みかけの本。手ぶらで来ても泊まっていけるようになるのはすぐだった。

狭いベッドになんとか二人で寝て、起きたら簡単な朝食を食べる。それだけで史弥は楽しそうだから、薫はつい甘やかしてしまう。

大学で演劇部に入った時は裏方をやるつもりだった。けれど一年生は全員参加の新人公演の稽古で、台詞を口にした瞬間に何かが弾けた。そこから薫の毎日は一気に色づいた。舞台の上ならどんな人間にだってなれる。その魅力に取りつかれ、いつしか舞台の真ん中に立つようになっていた。自分に自信が持てるようになったのか、鏡を見るのもいやではなくなった。

このままずっと、舞台に立ちたい。それは薫が初めて見た夢だった。

就職活動はしなかった。現在の事務所に入り、レッスンとオーディションの繰り返しの日々を過ごした。深夜のコールセンターでバイトをしながら、ただひたすらにチャンスを待った。

初めての舞台は名もなきアンサンブル。必死に努力して台詞がある役をもらえるようになった頃、漫画やアニメが原作の2・5次元と呼ばれる舞台のオーディションを受けた。それが転機だった。

鮮やかな色のウィッグ、濃いめのメイクに派手な衣装。そのどれもが、薫にははまった。控えめな顔立ちはメイクが映えるのだと自己分析をしている。いくら鍛えても逞しくならない体型もちょうどよかった。

クールな美形役が舞い込むようになった三年前。今も続くミュージカルの主要キャラクターの役を得た。それが大人気となって、一気に仕事が増えた。

何年も先まで舞台のスケジュールが入るようになり、バイトをやめてもやっていけるようになった。去年はカレンダーと写真集も発売し、発売記念のイベントもできた。今年は薫の誕生日にバースデーイベントをやろうという計画もしている。

まだ駆け出しともいえる段階でここまで仕事がくるのは運がいい。ただ同じような若手の役者はいっぱいいる。気を抜けば一瞬ですべてを失う、そんな人も見てきた。

それにキャラクターの人気は自分の人気とイコールではない。それを弁えて、キャラクターを愛すること。まだ課題は多い。やるべきことはある。なにより今の自分の目標は、次の公演を成功させることだ。

こんなに未熟な自分がそばにいても、史弥の役に立てるとは思えない。それにまだ追いかけている夢を手放せるはずもなかった。

明日の稽古は少し早く行こう。心の中で決めた時、自宅のマンションに着いた。コンビニで明日の朝食を買わなきゃいけなかったのに、すっかり忘れていた。でももう戻る気力はなくて、まあいいかと息をついた。


それから約一ヵ月後、地方公演を終えたタイミングで、史弥から夕食に誘われた。改めて澪子を紹介したいのだと言われては断れない。まず島津家に来てくれと頼まれて、久しぶりに顔を出した。

住んでいたのはたった三年間。どうにも誰かに見られているような、ひりひりとしたこの感覚には慣れることがなかった。

「……失礼します」

ただいまという気になれず、玄関でそう言う。出迎えてくれた史弥も曖昧に笑っている。その後ろから足音が聞こえた。

「お久しぶりです」

現れたのは沢渡澪子だ。黒いワンピース姿の彼女の透明感に、薫は目を細めた。とにかく美しい。

「お久しぶりです。この度は、……おめでとうございます」

身内と言っていいのか微妙なポジションで、どう挨拶するか迷う。薫が知る澪子は柏木の彼女であって、史弥の隣にいる存在ではなかった。違和感は簡単に拭えそうにない。

「ありがとうございます。これからは、お義兄さんと呼んだほうがいいですか」

「いえ、それは……」

首を横に振る。もしどこかで澪子にお義兄さんと呼ばれたら、薫が島津家と関係があるとばれる可能性が高い。そうすれば自分はきっと、島津史弥の兄か、沢渡澪子の義兄と呼ばれるだろう。それは自分自身を評価してもらいたい薫にとっては避けたいことだ。

「普通に名前で呼べばいいよ」

史弥が助け舟を出してくれた。彼はところで、と薫に顔を向ける。

「兄さん、食事を予約したんだけど、澪子が体調悪いから家に残るって」

「え、大丈夫ですか」

「すみません、せっかくいらしてくださったのに」

ふわりと花がほころぶように笑んだ彼女が続けた。

「実は妊娠してるんです」

「え」

澪子が下腹部に手を置いた。じろじろと見るのは失礼だと思いつつも視線がそちらに向いてしまう。

「それもお話ししたくて食事に誘ったのに、ごめんなさい。今日はお二人でどうぞ。私とはまた改めて」

そう言われて無理に誘うのもはばかられる。薫は頷いた。

「じゃあ行ってくる」

史弥が言った。澪子が頷く。

「いってらっしゃい」

二人が視線を交わす。結婚直前の二人のやり取りのはずなのにあまり柔らかさがなく

て、どうにも不自然に見えるのはなぜだろう。

「行こう、兄さん」

「ああ。ではまた改めて」

史弥の車で行くというので助手席に乗りこんだ。史弥はゆっくりと車を走らせる。

そういえばどこに行くのか聞いてなかった、と思いながら隣の彼を見た。史弥が、父親になる。なんだか現実とは思えない。

「そんなに見られても困るんだけど」

「ごめん、つい。……どこに行くんだ？」

「ここ曲がったらもう着くよ」

史弥が左折のウィンカーを出す。信号が赤になり、車は緩やかに減速して停まった。

「ホテルの中にある店か？」

信号を左折した先にあるのは、都内中心部にある高級ホテルだ。

「……うん」

史弥が間をおいて答える。

「言ってくれよ、もっといい服を着てきたのに」

澪子に挨拶するつもりで普段着よりはいいものを着ているが、ホテルの格式に合うかどうかは微妙だ。史弥はスーツ姿だからいいけど、と少し文句を言う。

「別に気にしなくていいよ。誰にも聞かれたくない話をするからここにしただけだから」

「じゃあ島津の家でよかっただろ」

「澪子がいる」

「……澪子さんにも言えない話？」

史弥は黙って頷いた。これから結婚する相手に聞かれたくないなら、島津の家に関することかもしれない。

「分かった」

頷いてから、じとっと湿った視線を史弥に向ける。

「澪子さんが妊娠中なんてびっくりした。話してくれよ」

「黙っててごめん、澪子が自分の口から話したいって言うから」

淡々とそう返される。史弥の態度が嬉しそうじゃないのが気になった。結婚して子どもができるというのに、まるで他人事のような印象を受ける。

「結婚と同時に発表する予定でいるから、それまでは内密に」

仕事のスケジュールであるかのような言い方がどうにもひっかかった。

「分かった。安心しろ、誰にも話さない」

「信じてるよ、兄さん」

ちらりとこちらを見た史弥と視線が絡んだ。

史弥はすぐに前をしっかり見た。だから彼の目を見たのはほんの一瞬なのに、そこにほのかな緊張と期待を感じ取ってしまった。

史弥もまだ戸惑っているのかもしれない。家族ができて、子どもが生まれて、という未来に。

それは薫だって同じだ。まだ漠然と先だと思っていたことが一気に現実となって、うまく飲みこめていない気がする。自分はまず何をすればいい？

信号が青になって、車はゆっくりと左折する。

意味もなくシートベルトを握った。生まれてくる子どもにはおじさんと呼ばれるのかと、想像しただけで口元が緩んでしまう。

車はホテルの正面エントランスで停まった。ドアを開けると、ぬるい風が吹いた。夏の始まりのような風だ。

「行こうか」

史弥は車をホテルのスタッフに預けてロビーに向かう。薫はおとなしくその後ろをついていった。

天井が高いロビーには存在感のある太めの柱が何本もあり、人の姿があまり気にならないようになっている。間接照明の雰囲気がよくて、ここで撮影ができそうだ。

島津の家にいた頃、こういったホテルでの集まりに史弥が参加する時は薫も付き添った。そうしてくれと史弥に頼まれていたからだ。自分より年上の人ばかりの退屈なパーティーに話し相手が欲しかったのだろう。最初は薫も緊張したが、慣れてくると史弥の隣で愛想笑いもできるようになった。

そのおかげか、ブライダルモデルや新商品の発表会等の仕事でこういった高級ホテルに来ても、必要以上にナーバスにならずに済んでいる。

史弥は迷うことなくフロントの前を通り、エレベーターホールにたどり着いた。

「こっち」

史弥に言われるままエレベーターに乗りこむ。二人きりだと思ったら、年配の女性が三人、乗りこんできた。行先階を押した女性たちは、史弥を見てあら、と声を上げた。

「……どうも」

好感度の高い若手政治家の顔で微笑み、閉のボタンを押す。何か言いたげな三人だったが目的階に着くとそそくさと降りていった。続いて薫と史弥も降りた。

「ここ？」

食事をするには中途半端な階だ。フロントがあるということは、エグゼクティブラウンジがあるようなフロアだろう。

「いや、ここで乗り換え。ちょっと待ってて」

史弥はフロントでホテルのスタッフとやり取りした後、カードキーを手に戻ってきた。

「行こう」

エレベーターへと促す史弥に首を傾げる。

「食事に行くんじゃないのか」

「まだ予約の時間じゃないから、とりあえず部屋で話そう」

行くよ、と薫の返事を聞かずに史弥が来た時とはまた別のエレベーターに乗りこむ。

カードキーをパネルに当て、階数ボタンを押した。

「よく来るのか、ここ」

慣れた様子についそう聞いていた。

「ああ、最近はよくここを使ってる。誰が部屋に行ったのか、分かりづらくて便利だ」

「へぇ」

議員ともなればいろんな事情があるのだろう。その辺は詮索しないでおく。

目的階に着くと、果実のようなさわやかな香りがふわりと広がっていた。史弥は表示も見ずに廊下を進む。ドアの数は少なく、このフロアは各部屋が広いのだと分かった。

奥のドアの前で史弥は足を止める。カードキーでロックを解除し、彼が先に部屋に入った。薫も続いて部屋に入る。さわやかな香りがぎゅっと濃くなった。

「……随分と立派な部屋だな」

ドアを開けてもまだ通路で、少し先にやっとゆったりしたソファとテレビがあるリビングがあった。開け放った扉からは大きなベッドが並んでいるのが見える。とても立派な部屋で、一泊どれくらいなのかと考えてしまう。

室内を見て回りたいけれど、スーツの上着を脱いでソファに座った史弥の前ではしゃぐのははばかられた。なんでもない顔をして上着を脱ぐ。

「かけとくよ」

「……ああ、ありがとう」

史弥の分と合わせて上着をクローゼットのハンガーにかけた。

ソファに浅く腰かけた史弥がこちらを見る。ここに来た理由を思い出し、ここは自分から切り出したほうが早そうだと判断して、彼の前に立った。

「で、話ってなんだ？」

「とりあえず座って」

史弥がソファを軽く叩いた。二人で並んで座っても余裕があるソファだ。薫は腰を下ろすと、右に座る史弥へ体を向けた。

何かを言いかけてやめるを繰り返した後、史弥は少し長めに息を吐いた。

「この前の話だけど」

「……この前の話？」

平静を装ってそう聞き返したけれど、史弥の態度からも何が言いたいかは察せていた。

だからといってその話題を止める術もない。面倒なことになりそうな気配がする。

「俺の秘書になってほしいって話だよ」

「それは断っただろ」

だからもうこの話題は終わり。そのつもりで立ち上がろうとしたのに、史弥に腕を掴まれた。

「どうして」

史弥の声は震えていた。

「どうしてって、俺にだって仕事があるんだよ。先まで舞台の予定が入ってるし、映像の仕事も決まってる。詳しくはまだ言えないけど、ドラマで……」

「じゃあその仕事がぜんぶ終わったら、どう?」

ねぇ、と腕を引っ張られてため息をつく。仮にも選挙で選ばれた議員とは思えない幼さだ。

史弥に向き合うように座り直し、彼の手をそっと掴んだ。

「そればっかりは無理だ。俺には向いてない。だから諦めてくれ」

な、と彼の手を放そうとした。だけど強く握られていて、うまく解けない。

「兄さんならできる、だって、……ずっと、俺より優秀だったじゃないか」

「は？　いつ俺がお前より優秀だったんだよ。とりあえず放してくれ、史弥」

「……やだ」

まるで子どものような言い方につい口元が緩んだ。出会った頃からずっと年齢よりも大人びた態度だった史弥がこんなかわいい一面を見せるのは珍しい。それだけ思い詰めているのだろう。何か力になれないか、考えながらそっと左手を伸ばした。

そっと、史弥の髪に触れる。思ったよりも柔らかな毛を撫でると、史弥が唇を噛んだ。

「仕事、大変なんだろ。お前は充分、頑張ってるよ」

考えたのに言えたのはとても平凡な言葉だった。史弥は一瞬だけ顔を上げた後、急に抱きついてきた。

「おい」

受け止めきれずにソファに倒れこみそうになるのをなんとか耐えた。史弥が薫の胸元に顔を埋める。

「政治家になった以上、これから俺はずっと走っていくしかないんだ」

「……そうだな」

たった三年とはいえ、島津の家にいたからその大変さは分かるつもりだ。それでも史弥はその道を選んだ。

「分かってる。覚悟だってできている。でも、……隣に兄さんがいてくれたらもっと頑張れるのに」

ぐりぐりと頭を押しつけられ、そのくすぐったさに笑ってしまった。

「やめろって。大丈夫だ、秘書としては無理だけど、俺はいつだってお前を応援してる」

「……本当に？」

背中に腕が回り、再び強く抱きつかれる。いい歳をした男二人にしては距離感がおかしい気がしたが、それだけ史弥にも余裕がないのだろう。

「兄さんは俺から離れないって約束できる？」

史弥が顔を上げてこちらを見る。自分よりも背が高い史弥に上目遣いをされて、どうにもくすぐったい気持ちになった。もしも幼い頃にこうして無邪気にじゃれていたら、今頃はもっと仲の良い兄弟でいられたか。そんなことまで考える。

「ああ、もちろん」

どんな時でも味方でいたいと思う。たとえそばにいなくとも。

頷いた瞬間、史弥の表情ががらりと変わった。子どものように甘えていた幼さが一気に消え失せ、引き上げた口角に知らない色がのる。

「……こういうことをしても？」

「っ」

頭の後ろに手が回ったと思ったら、唇に柔らかいものが当たっていた。鼻先にも何か触れている。視界いっぱいに史弥の顔があって、それでやっと、キスをされているのだと気がついた。

「ん、んっ」

唇の表面を重ねてから、軽く啄まれる。誰かの体温をこうして感じるのが久しぶりで、全身がぶわっと熱くなるのを感じた。

どうして、という疑問が頭をぐるぐると回る。これは客観的に見てキスだ。でもなんでいきなり、史弥にキスをされているのだろう？

この状況に陥った理由を考えるのに必死すぎて、逃げ遅れている。それに気づいたのは、史弥に下唇を吸われた時だった。

こんなことはやめさせなくては。だって自分たちは、と回らない頭で必死に考えながら薫はやっと抵抗を始めた。

「ん、やっ……」

離れろと史弥の胸を叩く。それを封じるように腕ごと強く抱きこまれ、体重をかけられたら動けなくなった。そのままソファに押し倒される。

「っ……」

勢いよく倒れたせいで唇が離れた。再び口づけようとしてくる史弥から逃げたくて顔を逸らしたら、首筋に噛みつかれる。

「いたっ、……」

「ごめん、つい」

史弥の右手が頬を撫でる。自由になった左手で彼の肩を押すと、案外あっさりと離れてくれた。

「なんのつもりだ」

体を起こそうとソファに左手をつく。だがその手に史弥の手が重ねられ、また距離が縮まった。

怖い。自分を見下ろす眼差し(まなざ)も、手に込められた力も、のしかかられる重さも。史弥に対して初めて抱いてしまった感情に混乱し、目が泳いだ。

史弥がゆっくりと口を開く。次の言葉を聞いてはだめだと本能が警告してくる。でも止められない。

「好きだ」

その一言は、何を壊したのだろう。穏やかにも聞こえる声で告げられたその三文字は、でも確かに、これまで薫と史弥にあった何かを壊してしまった。

「……史弥、それは」

勘違いだと言いたかった。けれどそれを史弥の声がかき消す。

「憧れ(あこが)だと思ってた。思いたかった。でももう、自分をごまかせない。ずっと、……好きなんだ」

吐息がかかる距離で、まっすぐ目を見たままの告白だった。溢れるものを止められないとばかりに、好きだと何度も続けて囁かれる。それが演技ではないことくらい、役者をしている自分には分かってしまう。

「俺も史弥のことは好きだ。そんなに改めて言わなくてもいい」

はぐらかすために笑った。史弥の本気に気がついていない顔をして、今なら戻れるというポイントを作っておく。そうすれば壊れたものを戻せると、わずかな希望に縋った。

「違う」

でもそんな逃げは史弥に通じなかった。熱を帯びた瞳が、ただ薫だけを見ている。

「そういう意味じゃない。俺はずっと、兄さんを愛してる」

好き。愛してる。それが義理の兄弟に向けたものではないと、彼は分かっている。覚悟を決めた様子でのしかかられて、薫は泣きたくなった。

「……冗談もいい加減にしろ」

絞り出した声が震えた。

「冗談で流されるのはもうごめんだ。俺は本気だよ」

苛立った声が返される。それが棘のように薫に刺さった。

「何が本気だ。お前は澪子さんと結婚するんだろう？」

どうしてこんなタイミングで好きだと言い出したのか。史弥が何を考えているのかが分からない。

「偽装結婚だ」

史弥が静かに、だがはっきりと言った。

「は？」

「だから、お互いの利益のために結婚するってだけ。あとで詳しく説明するつもりだったけど、とにかく俺は澪子を好きじゃない。澪子だって同じだ」

悪びれた様子もなく言い切られる。ひどい言い草に理解が遅れた。だってそんな……。

「彼女は妊娠してるんだぞ？　お前は、そんな気持ちで子どもを……」

頭がぐるぐるする。史弥がそんなことをするなんて信じられない。品行方正を絵に描いたような優等生だったはず。

はぁ、と史弥がため息をついた。左手を押さえていた力が緩む。その隙に彼の腕からなんとか抜け出した。史弥は追ってこなかった。

「ちゃんと話すよ」

史弥はそう言って、ソファに座り直した。座って、と隣を示される。ここで帰ってもいいかと迷ってから、話は聞いておこうと思い直した。さっきより離れた位置に浅く腰かける。いつでも逃げられるように。

「澪子のお腹の中にいるのは、柏木の子だよ。俺の子じゃない」

「……は？　慎之介さんの子？　どういうことだ？」

「どういうこともなにも、そのままだよ。彼女が妊娠を告げた直後に柏木が死んだ。途方にくれた彼女に俺が声をかけた。シンプルに事実だけ言うとそういう流れ」

簡単すぎる説明に眉を寄せる。そんな話を信じろというのが無理だ。

「疑うなら澪子に聞くといいよ。彼女も兄さんになら話してもいいと言ってたから」

「……嘘だろ、そんな」

さっき会った時の澪子を思い出す。妊娠を教えてくれた時の彼女にはそんな裏があるようには見えなかった。あれも演技だというのか。

「俺にこんな嘘つくメリットある？」

そんなことを聞かれたって困る。混乱して黙っていると、史弥の声が低くなった。

「議員として生きていくには、いつか結婚しなきゃいけないと思っていた。だけど相手がいない。俺はずっと兄さんが好きで、他に誰も好きになれないから」

さらりと言われて微笑まれても困る。とても重たい感情をぶつけられたはずなのに、本人にその自覚はないのか。

「俺を好きにならない人がいい。ずっと俺以外の誰かを愛している人。だけどそんな都合のいい相手はいないと思ってた。……でも、いたんだ」

「……やめろ。聞きたくない」

薫が制しても、史弥は淡々と続ける。

「柏木が死んだと聞いて澪子に会った時、妊娠を打ち明けられた。俺はその場で澪子に言ったんだ、結婚してくれって」

耳を塞いだ。史弥の話す内容が空恐ろしい。

「澪子も最初は戸惑っていたよ。だから俺は、相手が兄さんとは言わずに説明した。彼女は柏木を愛したままでいいから、お腹の子の父親にさせてくれないかと頼んだ。彼女はそんなに悩まなかったよ。だから結婚することにしたんだ」

少しずつ語尾に喜びが滲みだす。薫は唇を噛んだ。

「……ふざけるな」

あまりに勝手な話だ。胸のあたりがむかむかとして気持ちが悪い。

「お前の勝手な都合に子どもを巻き込むのか」

史弥を睨んでしまう。史弥の希望と、澪子の願いは薫からすれば信じられないものだが、それでも本人なりの正義があるのだろう。それに口を出すつもりはない。

でも、生まれてくる子どもは別だ。自分でも驚くほどの怒りと苛立ちで、頬のあたりまでかっと熱くなった。

「まあそうなってしまうね」

「なんだそれ、……おかしいと思ったんだ、なんでそんなに他人事なんだって」

やっと史弥の態度の意味が分かった。腹立たしさで語気が荒くなる。だけど睨んだ先で史弥は、ふわりと表情を崩した。まるで笑っているかのように。

「なんで笑う」

軽くあしらわれているみたいだ。気に入らない。腹の底にぐつぐつと煮えたような怒りがあって、それをどうぶつけていいのか分からず唇を噛む。

「嬉しいからだよ」

史弥が口元を右手で覆った。

「嬉しい？」

どうして今この状況でそう思えるのか。だめだ、こんなに近くにいるのに、史弥が遠い。何を考えているのか、さっぱり分からなくて怖い。

「うん、嬉しい。兄さんが俺に感情をむき出しにしてくれるの、最高に興奮する」

だって、と史弥の声が弾む。

「兄さんがこんな風に声を荒らげること、ないでしょ？」

「…………」

指摘に口を噤む。確かに史弥に対して声を荒らげたことはない。そもそも自分は怒ることが下手なのだ。

「というわけで、結婚と子どもの問題はクリアしたね」

では改めて、と史弥が薫の目を見た。

「島津に戻ってきてよ。俺をサポートしてほしい」

「断る。もうその話は二度とするな」

いいな、と念を押す。すると史弥は案外あっさりと頷いてくれた。

「分かった。残念だけどしょうがない、それは諦めるよ。でも兄さんは、俺を応援してくれるし、離れないって約束したよね」

含みのある言い方だった。さっきのキスを思い出して、つい口元を触ってしまう。

「……何が言いたい」

「うーん、俺だけが応援してもらうのもフェアじゃないかなと思って。だから俺も兄さんの応援をするよ。機会があったら舞台俳優として頑張っていますって話すようにする」

笑顔なのに目が笑っていない。その眼差しが、薫の抱えていた怒りを不安へと塗り替えていく。

「それは」

やめてくれ。心の悲鳴が口に出る前に、史弥が続けた。

「澪子の義兄としても注目されるかも。仕事が増えると思うよ。あんまり忙しくなるとまた会えなくなるかな。それは困っちゃうけど」

わざとらしく肩を竦められた。

島津との関係を公表してほしくない。薫がそう考えていることを、史弥はちゃんと分かっている。分かっているからこその脅しだ。

「……何が目的だ」

「目的って、ただ俺も応援しようと思っているだけだよ」

その目に熱だけを残し、穏やかに微笑まれた。薫は指先にぎゅっと力を入れて、必死で落ち着こうと呼吸を整える。

視線が絡む。少しの間の後、薫は口を開いた。

「やめてくれ。俺はこれまでもこれからも、島津の名前に頼る気持ちはない。それはお前も分かってくれただろ」

動揺を知られないように、そして史弥から感じる圧に負けないように、穏やかに言った。こちらをじっと観察していた史弥が口角を引き上げる。

「もちろん分かっているよ。――だから利用する」

史弥の手が伸びてくる。それを薫は振り払えなかった。彼の眼差しが本気を告げている。

「ねぇ兄さん、俺のものになって。一度だけでいい。兄さんを抱きたい」

ああ、そうか。薫はそこでやっと、史弥の目に宿る強さの意味に気がついた。あれは獲物を狙う眼差しだ。食ってやるという本能をむき出しにしたそれが、自分に向けられている。その事実に背筋が震えた。

「お前、何を言っているのか分かってるのか」

「もちろん。兄さん、返事は？」

史弥が近づいてくる。反射的にソファから転がり落ちるようにして逃げたが、すぐに捕まってしまった。

床に押し倒される。待ってくれ、と薫は史弥を手で制した。

「こんなことはだめだ。だって、だって、俺たちは……」

これだけは言いたくなかった。でも史弥を止めるには、もうこれを言うしかない。

「……本当の、兄弟かもしれないんだぞ」

島津家で聞いた噂が事実だとしたら、薫と史弥は父親が同じ異母兄弟だ。だがそれを、薫は一度も口にしたことがなかった。史弥が知っているかどうかも知らない。

「ああ、その噂を知ってたんだ。まあ可能性は否定できないね」

史弥が少しだけ目を細めた。やはり彼もその噂を知っていたのだと納得する。

「そうだろ、じゃあ……」

「可能性の話だよ。俺たちどこにも似ているところがないし、父さんからもそんな話を聞いたことがない」

「でも、……もし兄弟だったら、こんなことを……」

史弥を制していた右手をとられた。指先に史弥が恭しく口づける。

「じゃあ、兄弟じゃなきゃいいの？」

声のトーンが変わった。射抜くような眼差しが問う。

「男同士だからとか兄弟かもとか、そういう言い訳じゃなくて。俺に抱かれるのはいや？」

「当たり前だろ。俺はそんな、……抱かれるなんて」

想像したこともない。これまで数人の交際相手はいたけれどすべて女性だった。男性にも何度か口説かれたけど、その時は興味がないと丁重にお断りしている。

そう、興味がないのだ。実際は女性にだって積極的にはなれない。事務所に入ってからは恋人も作っておらず、それを特に寂しいとは思ってこなかった。

「うん、怖い？　大丈夫だよ」

うっとりとした目で右手の甲に口づけられる。どうしよう、史弥には話が通じているようで通じていない。

「好きだ。兄さんが好きなんだ。お願い、……触れたい」

突き放さなければと、頭では分かっている。それでも史弥に握られた右手をとり返せなかった。

「兄さん。お願い、一度だけでいいから」

懇願する声に、唇を噛む。

だめだ、こんなことはしてはいけない。でも、もし断ったら史弥は自分との関係を公にするだろう。そうなったら、――いやだ。望んでいない形の未来に進むことも、なによりそれで史弥と距離ができてしまうであろうことも。

自分を見つめる史弥を見据える。きっと最初から、答えなんてひとつしかなかった。

「……今夜だけ、だぞ」

これは取引だ。そう言い聞かせて、力を抜く。

「分かった」

その瞬間、史弥はいっそあどけないほどの笑みを見せた。これから自分たちがしようとしていることにはそぐわない笑顔が、ひどくくすぐったい気持ちにさせる。

約束、と触れるだけの口づけをした。史弥の手が薫の着ていたシャツにかかる。それをやんわりと制した。

なぜ、と史弥の目が咎める。それを受け止めて微笑んだ。

「シャワーを浴びたい。いいだろ?」

「……いいけど」

少し迷った様子を見せたものの、史弥はおとなしく退いてくれた。

やっと身動きがとれる。薫は上半身を起こすと、はぁと息を吐いた。無意識に呼吸を浅くしていたようだ。

「俺が先でいいか」

立ち上がって史弥に背を向けてそう言った。この先に起こることをなるべく考えないように、事務的な口調で。

「一緒でもいいよ」

ふざけた声が返ってきた。

「それは断る」

できるだけ史弥を見ないように、室内を見回す。扉の向こうのベッドルームが目に入って、鼓動が早くなった。整えられた大きなベッドでこれから何をするか、想像するのすら怖い。

「バスルームはそっちだよ」

「分かった」

史弥の手が示したドアを開けた。正面に大きな鏡があり、左手がバスタブ、右がトイレと独立したシャワーブースになった立派なバスルームだ。こんな時でもなければバスタブに湯を張ってゆっくりしただろう。

ドアを閉めて服を脱ぐ。正面の鏡に映る自分の体に目を向けた。

同世代の中ではかなり手入れをしている体だとは思う。それなりに色気があるとも言われる。体力勝負の舞台をこなすために、細身だが鍛えてもいた。

とはいえ、普通の男の体だ。史弥はこの体に欲情するのだろうか。頭に浮かんだ疑問に首を傾げる。

史弥はずっと好きなんだと言ったけれど、それは本当に、性欲を含んだ好意か？

出会った頃から大学を卒業するあたりまで、薫はまだ線が細かった。でも今はすっかり成人男性の体だ。

この体に史弥が反応しないことは充分にありえる。そう考えたら少し気が楽になってきた。まだ踏みとどまれるチャンスがある。

ガラス張りのシャワーブースで体を洗った。アメニティのマウスウォッシュで口をゆすぎ、タオルで体を拭く。備え付けのバスローブを羽織って部屋に戻った。

ソファに史弥が座っている。彼は戻ってきた薫を見て、嬉しそうに口角を上げた。

「兄さん、……」

「お前もシャワーに行け」

抱きついてこようとするのを制すると、史弥は素直に立ち上がった。バスルームに彼の背中が消えたのを確認して、両手で顔を覆う。

かすかにシャワーの水音が聞こえてきた。お互いになんのために準備を整えているのかと考えたら笑いたくなる。もしかしたら血の繋がった兄弟かもしれない自分たちは、これから越えてはいけない一線を越えるかもしれない。

このホテルに来た時は、まさかこんな展開になるなんて想像もしていなかった。

じっとしていても落ち着かず、ミニバーにあった水のペットボトルに口をつける。ぬるい水が喉にちょうどいい。

水音が止まる。今すぐに着替えて部屋を飛び出したら史弥は追いつけない。でもこの場で逃げたとして、それでどうなるのか。

史弥は応援するという形で自分の名前を口に出すようになる。彼の言う通り、島津史弥の兄だと言えば仕事は増えるだろう。今後はさらに沢渡澪子の義兄という属性もつく。

それは今後を考えればプラスなのかもしれない。でもその未来は自分の力で摑んだものではない。自分らしさを求めて見つけた舞台の上で認められたい、その望みにおいては島津家との関わり(かか)はノイズになる。

ドアが開く。出てきた史弥も同じようにバスローブを着ていた。

「水、俺にもちょうだい」

「ん」

飲んでいたペットボトルを渡す。一口飲んだ史弥と目が合った。見たことのない色を含んだ眼差しに頰が熱くなる。

史弥が近づいてくる。急に部屋の空気がぐっと濃くなったようで息苦しい。視線を落とし、張り詰めた空間をどうにかして崩したくて口を開く。

「枕営業の気持ちだよ」

「……そんなのしたことあるの」

この場に合うようで合わない軽口だった。史弥のまとう空気が険を帯びたのか、肌がぴりぴりする。

「あるわけないだろ」

「よかった。もしあったら、事務所ごと潰さなきゃいけなかったよ」

さりげなく物騒なことを言い、史弥が後ろから抱きついてきた。

「……緊張する」

耳元で囁きながら、その場でくるりと振り向かされた。視線が絡む。

「夢みたいだ」

うっとりと頬を撫でられる。

「そうだな、夢だよ」

一晩だけの。そう続けて、史弥を見上げる。

「最高の夢だ、……兄さん」

見つめ合って、少しずつ顔が近づく。鼻がぶつからないようにお互いに調整して、これはもう完全に、キスのタイミングだ。

目を閉じた次の瞬間には唇が重なっていた。何度か触れあわせて、ちょうどいい角度を見つけたら、一気に深く。

「……んっ……」

差し込まれた舌が口内を探る。舌先を舐め、歯列を辿り、頬の裏をくすぐる。たまらず開いた唇を閉じられないように顎を摑まれて、さらなる侵入を許してしまった。

喉奥までじっくりと舐められて、膝が震える。行き場を失くして竦んでいた舌をきつく吸われると、頭の芯が痺れた。

「ふ、……ぁ……」

鼻から抜ける甘い声が自分のものとは思えない。自分に主導権がまったくないキスに振り回されて、たまらず史弥に縋りついた。

腰に手が置かれて抱き寄せられる。バスローブ越しに感じた熱に力が抜ける。欲望を向けられているという事実が恐ろしくて、でも、……突き放したくなるような嫌悪はない。だから困る。生理的に無理だという言い訳の選択肢はもう消えた。

密着した体をさらにくっつけようと、足の間に史弥が膝を入れてきた。腿で刺激されて、既に興奮の兆しを覚えていたそこに血液が集中していくのを止められない。

「……ぁ、……」

どくん、と自分の性器が脈打つのが分かって消え入りたくなる。自分の反応が想像と全然違っていた。キスだけでこんなに腰砕けにされてしまうなんて、こんなに感じやすいなんて、嘘だ。

「っ、ぁ……」

強く抱きしめられて、唇を貪られる。その激しさから離れようとしても、史弥はすぐ追いかけてくる。呼吸を奪うように唇を重ねられると同時に、耳を塞がれた。

ぴちゃ、くちゅ。ちゅっ、ぐちゅ。

生々しい水音が脳に直接響く。舌先を絡めとられ、好き勝手に口内を弄ばれた。もう史弥が舐めていないところなんてないんじゃないかと思うほど貪られて、脳が溶けてしまったかのように何も考えられなくなる。

唇が離れて、二人分の唾液が口角から溢れても、拭う余裕がなかった。立っているのがやっとの体を引きずるようにベッドルームへ導かれる。

乱暴にベッドカバーをめくった史弥に、シーツの上へ倒された。史弥の肩越しに天井が見えるのが不思議だ。

薫を組み敷いた史弥がバスローブの紐を解いた。露わになった体に史弥はどんな反応をするだろうかと見上げる。

既に薫自身は昂っている。それを見て史弥が熱を失ったらという一縷の希望は、だがすぐに消し飛んだ。

ベッドに両手をついて薫の体をじっと眺める史弥に、萎える様子なんて微塵もなかった。見たことがないほど目をぎらつかせた史弥は薫を裸にした後、急いた様子でバスローブを脱ぎ捨てた。

彼の下肢も昂っているのが目に入り、息を飲む。先端が濡れたそれの生々しい色と大きさに怯えて、無意識のうちに逃げようとした肩を押さえられた。

ゆっくりと史弥が体重をかけてくる。肌と肌が密着する。他人の体温をこんなに近くに感じたのはどれくらいぶりだろう。

「好きだ」

薫の首筋に顔を埋め、史弥が囁く。肌の上を滑る唇の感覚に震えながらシーツを摑んだ。

「すごいな、兄さんに触れてる……。……好き」

史弥は好きだと繰り返した。薫の肌にしみこませるかのように何度も。

「もう、分かったから……」

彼の好意に気持ちが引きずられてしまうのが怖くてそう言った。鎖骨あたりに唇を寄せていた史弥が、ふうん、と面白くなさそうな声を出す。

「本当に分かったの？　ずっと信じてくれなかったのに？」

「……？」

史弥の言いたいことが分からずに黙ると、彼が顔を上げた。じっと見つめてくる視線が怖い。

「俺が二十歳になった日、覚えてる?」

忘れたとは言わせないと告げる眼差しにたじろぎつつ頷いた。

「忘れてない、俺の部屋で飲んだ時だろ」

史弥が初めて酒を飲むから付き合ってくれと、薫が当時住んでいたアパートの部屋に来た。酔った史弥はやたらと甘えてきて、帰りたくないからとそのまま一緒に狭いシングルベッドで寝た記憶がある。

「そう。あの時、俺は決死の覚悟で兄さんに好きと言った。本気にしてくれなかったけど」

「……それは」

なんとなくしか覚えていない。酔った史弥が何を言っても聞き流した可能性がある。

「……もう信じたよ」

嘘ではない。必死でこの状況にちょうどいいことを言ったら、史弥の乾いた笑い声が鎖骨をくすぐった。

「そうやってはぐらかすんだろ」

どこか諦めたような口調で返されると、こちらが悪いような気持ちになってくる。ごめんというつぶやきは史弥の唇に飲みこまれた。

　唇を重ねながら、史弥の手が肌を這う。首筋から胸元を緩く撫でまわされた。

「っ……！」

　胸を撫でていた指が乳首に触れる。軽く爪を立てられて、痛みというより驚きで体が跳ねた。

「小さい乳首だね」

　指の腹で軽く押されるうちに、そこが芯を持って立ち上がるのが分かる。その周りを指先で円を描くように撫でられると、ぞわぞわとして痺れが背骨を上がっていった。

「乳首は感じるほう？」

　指先で軽く摘まれ、乳首がいっそう硬くなった。それを指先で弾かれて、たまらず声が出る。

「ひゃっ」

「感じるみたいだね」

　楽しそうにそこを指で弄びながら、史弥が頭の位置を下げていく。

「ちが、……知らな、……」

　言い終える前に、右の乳首に史弥が口づけた。ぬるりとした感触に肌が粟立つ。普段さほど存在を意識しない場所を舐められ、軽く吸われて腰が揺れた。

「んんっ」

　反対側を押しつぶされて、自分のものとは思えない鼻にかかった甘い声が漏れた。

「かわいいな、兄さん」

　史弥は嬉しそうに言い、熱心に乳首を弄り始めた。手で、唇で、舌で、それぞれ感触を確かめる。そのせいで小さな突起でしかなかった場所が、熱を帯びてじんじんと痺れた。

「あっ……」

　少しずつ、でも確実に、体へ快感が積み上げられていく。思ったように呼吸ができないし、視界も一枚フィルターがかかったみたいに不鮮明だ。

「乳首を弄っただけでこれ？」

　不意に史弥が右手で薫の性器を摑む。すっかり昂ったそれを無造作に摑まれただけで、あやうく達しそうになる。

　だって、直接的な刺激は気持ちがいい。本能のままに腰が揺れ、体が波打つ。

「っ……」

　予期していなかった快感に震えるそこから、どっと体液が溢れた。それが史弥の手を濡らすのがいたたまれない。

　達しそうな快感をやり過ごし、止まっていた呼吸を再開する。史弥の視線から隠れたくて目元を手の甲で覆った。

「そんなかわいいことしないでよ」

史弥の左手が膝にかかる。ゆっくりと足を広げられても、抵抗するだけの余裕がない。気を抜くとすぐにでも、史弥の手を使って達してしまいたくなる。

「ん？」

史弥は薫の足を撫でながら、軽く眉を寄せた。

「……つるつるしてる」

膝から足首までを確かめるようにゆっくりと撫で下ろす。両足を順番に触れてから、眉根を更に寄せた。

「これ、剃ってるの？」

そこにあるはずの体毛がないことが気になるようだ。右手が性器から離されて少しほっとする。

「ああ、今の役の時は剃ってる」

演じる役の容姿や舞台の内容によって、手足の体毛は剃るようにしていた。荒れないように手入れも欠かせない。現在演じている役は青いウィッグで、上は袖がなく下は七分丈という衣装なので、特に念入りに手入れをしている。

「ふーん」

じゃあ、と無造作に左腕を持ち上げられた。

「脇もないんだ」

「……やめろ、見るな」

急に羞恥心に襲われて、史弥の腕を振りほどいた。

役によっては脇も剃っている。地方公演を終えて東京凱旋公演を控えた今は、ほんの少し生えてきている程度だ。それをじっと見られるのはたまらなく恥ずかしい。

「なんで、いいじゃん」

「やだ」

元々、さほど体毛が濃くはない。けれどそれと、今の中途半端な状態は別の話だ。役の衣装も何も身に着けていない状態で脇を露わにされるのは恥ずかしい。

史弥がそこへ顔を近づける。逃げようとしたその瞬間、彼は信じられないことをした。

「ひぃ」

脇を舐められた。初めての経験に全身の毛穴がぶわっと開く。

「……生えかけって興奮する」

「やだ、やめろ」

身をよじって脇を隠そうとする。史弥が手を放してくれたので脇を晒す羞恥からは逃れられた。だがよかったと思ったのは、ほんの一瞬。

「こっちはそのままなんだ。……そもそも薄いんだね」

下腹部から性器までを撫でた史弥は、下生えに指を絡ませてきた。軽く引っ張られて顔を歪める。

「そんなとこ、触るな……」

「どうして? 俺は兄さんの体中、ぜんぶ触りたいんだけど」

史弥は体を起こした。強い視線を感じて目を閉じて顔を逸らしても、まだ見られていると分かる。

焼かれるような羞恥に涙が滲む。どうしてこんなに恥ずかしいのだろう。

人前で下着姿になることくらいはもう抵抗がない。舞台で早着替えの時はたとえ女性がいようと気にしている余裕なんてないし、ましてや同性の前なら下着を脱ぐことも躊躇しないだろう。稽古終わりや遠征中は銭湯やサウナに行くこともあるのだから。

でも、こうして熱い眼差しの前に晒されるとなると話は別だ。

「俺、こういう性癖はないつもりだったんだけどな」

ぶつぶつ言いながらも、史弥は薫の下生えにずっと触れていた。何がそんなに楽しいのかよく分からない。

史弥がベッドサイドのテーブルに手を伸ばした。小さなボトルを持ち、軽く振る。薄く色づいたそこに書かれた文字に顔を歪めた。ローションだ。

「準備がいいな」

そのつもりはなかったけれど、口に出したら随分と嫌味な言い方になってしまった。

「最初から兄さんを抱くつもりでここに来たから」

史弥は手のひらに出したローションを温めた。そしてその手で、薫の性器に触れる。

少し力を失っていたそこは、濡れた感触でまた昂った。性器全体を濡れた手で包み込むように愛撫(あいぶ)され、根元の袋も弄ばれる。

「んっ……」

ダイレクトな愛撫は気持ちがいい。薫は目を閉じた。自分より大きな史弥の手は、慣れた手つきで性器を扱(しご)く。その動きに合わせて腰が揺れた。そのまま達しそうになった時、史弥の指が奥へと伸ばされた。

「……えっ」

自分でも触れない場所を撫でられて、弾かれたように史弥を見てしまった。

「どうしたの、驚いた顔して」

「だって、そんなとこ……」

濡れた指が窄(すぼ)まりに触れている。戸惑っていると、史弥が口元を歪めた。

「もしかして、ここでするの考えてなかった？」

ぐいっと指で後孔を押された。そこを使う性行為があるのは知っている。でもそれを史弥が望んでいるのだと、今の瞬間まで薫は思っていなかった。

黙って頷く。史弥は目を細めて、口角を引き上げた。

「なるほど、ただの抜き合いくらいに思ってたのか」

肯定の代わりに目を伏せた。史弥の指が離れていく。ほっとしたのも束の間、史弥は薫の足を抱えて広げると、足の間にローションを垂らした。

「大丈夫、安心して。たくさん馴らしてあげる」

「あっ」

滴るほど濡らされた性器を扱かれながら、指が窄まりを撫でた。指で押し広げられたそこに、ローションが入ってくる。

「……うっ、やだっ……」

そこが濡らされていく感触に身震いする。こみあげてくるのは、自分の体内を暴かれる生理的な恐怖だった。

縁を撫でる指先に意識がいくと、それを引き戻すように昂ぶりを扱かれる。指が入ってきて体が強張れば、性器の先端の窪みを指の腹で擦って意識を逸らされた。

「……んんっ、そこ、だめ……」

そうして性器と後孔を丁寧にゆっくりと濡らされ馴らされて、気がつけば薫はシーツに頭を擦りつけながらのけぞっている。

「だめ？　気持ちよさそうだけど」

「あ、……ちが、っ……」

　頭を打ち振ってそう言っても、説得力がないことくらい自分が一番よく分かっている。

　指が一本、中まで入っても痛みはなかった。濡れた指が粘膜を潤しながら探っても、違和感はあるがなんとか耐えられる。

　丁寧に中を撫でられるうちに、体が勝手に跳ねる場所があった。そこを見つけた史弥が何度かそこを押すから、腰を突き上げてしまう。そうすると史弥の左手に性器の裏側を擦りつける形になって、また気持ちよくなってしまった。

「……や、だ……」

　よく分からないけど、気持ちいい。正体不明の快感の波に溺れる。ひっきりなしに声を上げながら体を揺らす薫に、史弥は満足げだ。

「もう一本、入れるよ」

　指の数が増えた。水音を立てて中をかき回されるうちに、また何も分からなくなる。後孔が柔らかく蕩(とろ)けてひくついて、もっと強い刺激を欲しがった。

「もっと入れていい？」

　史弥の問いは薫の返事なんて待ってなかった。三本の指が入ってきて、その圧迫感で息が詰まる。それでもばらばらに動かされるうちに馴れてきてしまうから恐ろしい。

「もういいね」

史弥の指が抜かれた。窄まりの縁に指がかかり、そこを広げる。宛がわれた熱いものが何か、考える間もなかった。

「っ、いたっ……」

ふわふわとどこか違う次元を漂っていた意識が現実に引き戻される。薫の足を持ち上げた史弥が、昂ぶりを後孔に宛がっていた。指とは違う質量が入ってこようとして、反射的に逃げをうつ。

「……無理だ、……あ、っ」

腰を摑まれる。ぐぷっと音を立てて史弥の昂ぶりの先端を飲みこんでしまった。

「やだ、……史弥、やめっ……」

すさまじい圧迫感で目の前が白くなる。痛い。苦しい。そしてなにより、血が繫がっているかもしれない兄弟と体を繫げてしまったことへの罪悪感がすさまじい。

たとえ一晩とはいえ、こんなことをしてはいけなかった。でもどうすればよかったんだ。揺れる心が勝手に涙を溢れさせる。

「大丈夫？」

確認に返事はできない。薄く目を開けると、すぐそばに史弥の顔があった。額に汗を滲ませ、薫を見つめている。

「……平気、だから……」

　繋がったまま喋ると体に響く。ぶるりと震えた瞬間に内側の史弥を強く締めつけてしまった。

「じゃあ動くよ。苦しかったら言って」

　右手の指は史弥に握られた。一本ずつ絡めてシーツに押しつけられる。

「好きだ、好きだ、兄さん」

　史弥がゆっくりと動きだす。いたわられているのは分かるけれど、それでも苦しい。

　薫の様子を窺いながら、史弥が腰の動きを早くする。最初は探るようだった動きがリズムを持った抽挿に変わる。そして彼の張り出した先端が、体が跳ねてしまう場所を擦った。

「ああっ」

　高い声を上げてのけぞる。スイッチが入ったのが自分でもよく分かった。痛みや苦しさが一気に快感に塗り替えられる。

「……ここ？」

　薫の反応で気づいたのか、史弥が弱みを突いてくる。窄まった粘膜を乱暴なくらい強く貫かれて、目の前に星が散った。

「……、っ……や、め……」

　次々と襲いかかってくる快感が怖くて頭を打ち振る。史弥の動きに合わせて体が揺れるのを止められない。

「やめられないよ、……こんな、気持ちいいのにっ」

耳を塞ぎたくなるような水音と、肌と肌がぶつかる音がベッドルームを満たしている。

何もかもが熱い。重なる肌も、汗も、吐息も。目を閉じていたって感じる史弥の眼差しも、声も。

「……兄さん、すごくかわいい」

蕩けるような声と共に唇が重なった。

「……ぁ、……」

体を深く繋げながら舌を吸われると、舌の根元から痺れが全身に広がってじっとしていられなくなる。勝手に腰が揺れ、そのせいで内側の当たる位置が変わり、息を詰める。

「ん、そんな締めたら、……動けないよ」

感じてしまう場所を、張り出した先端で擦られる。たまらず強く締めつける粘膜をぐりぐりと強めに擦られて、目の前が色を薄くしていく。

「史弥、だめっ……」

体が絶頂を求めて揺れ始める。止められない。

「何がだめ？　こんなに感じてるのに」

「ぁ、……」

自分のものじゃないみたいな甘い喘ぎがひっきりなしに口から出てくる。奥を突かれてこね回されて、どうしてこんなに乱れてしまうのか。

最奥を犯されることがこんなに気持ちいいと、知りたくなかった。

強引に自分が変えられていく。なすすべもなく快感に翻弄され、薫はシーツを摑んだ。そうしないとこの体がどうなってしまうのか分からなかった。

「兄さん、口開けて」

そんなこと言われても、もう口は閉じていられない。だらしなく開いた口に史弥が指を入れた。舌を引っ張られ、そのまま彼の口内へと招かれる。求められていることが分かっても応えられない、そんな余裕がない。ただ舌を好きにしてくれと差し出す形になって、結局そこでも舌先を吸われて体を震わせてしまう。

「あっ、もぅ……」

「いきそう?」

耳元で囁かれて頷く。もう限界だ、そう思うのに頂点にいけないもどかしさで体が発火しそうだった。

自分でタイミングを測れない射精は知らない。導かれるまま達していいのかという不安で目の奥が熱くなる。

「……好きだよ、兄さん」

その一言が引き金になった。頂点の直前で足踏みしていたものを蹴散らすように背中を押される。駆け上がり、弾ける。

「っ、いくっ……」

目の前が白く染まって、性器から熱を吐きだした。小刻みに体を揺らして、窄まりにいる史弥を締めつける。

「くっ……」

喉奥を鳴らしながら、史弥が体を叩きつけてきた。中を濡らされる感覚に震える。史弥が射精したのだ。

「……はぁ、……すごい、兄さんに中出ししちゃった……」

うっとりとした声と内容を理解するのを脳が拒む。絶頂の余韻に浸りながら、薫は浅い呼吸を繰り返した。

このまま眠ってしまいたい。そうして何もかも、忘れられたらいい。リセットボタンを押せることを願って目を閉じる。深く息を吐くと、まだ中にいる史弥の形がよく分かってしまった。

目を開けて、ぼんやりと史弥を見上げる。彼はとても幸せそうに笑っていた。

こんなめちゃくちゃな夜で、満足したのだろうか。そんなことを考えながら再び目を閉じ、そのまま意識が白く塗りつぶされそうになった時、だった。

「まだ終わってないよ」

　腰を摑み直されると、ぐちゅっといやらしい水音が響いた。そのまま史弥が動き始める。あまりに急で、薫はされるがままだ。

「う、……ああ、だめだ、やめっ……」

　抜け落ちるぎりぎりまで腰を引いてから、一気に奥へ。その勢いで、また薫は軽く達していた。

「あれ、またいっちゃった？　それとも前の残り？」

　達したばかりの性器に史弥の指が絡む。むず痒さに身をよじった。敏感なそこが痺れるような感覚に手足の指が丸まる。

「やだ、やだっ……」

　脱力した体で抵抗しても、史弥に簡単に抑えつけられる。まだ夜は終わっていないのだと理解して、薫は力を抜いた。

　これは今夜だけの夢だ。そう自分に言い聞かせて、目を開ける。汗を滲ませている史弥に触れたくて、彼の名前を呼んだ。

「史弥、手を放して」

　優しく呼びかけると、史弥が薫を抑えていた手を放した。自由になった手を伸ばし、史弥の背に腕を回す。ぎゅっと引き寄せて、後はそのまま、二人で快感を追うだけだった。

顔の一部分にだけ熱を感じる。それが不思議で薫は目を開けた。

カーテンの隙間から差し込む日差しが、ちょうど頬にかかっていた。これか、と思って顔の位置を変えてから、ふと自分はどこで眠っているのかという疑問がわいた。明らかに窓もカーテンも自宅のものではない。

ここはどこだ。地方公演の宿泊にしては立派なホテルだなと思ったところで、すぐそばにある体温に気づく。

「……史弥」

すぐ隣で、史弥が眠っている。その顔を見た瞬間、一気に目が覚めた。断片的だが生々しい記憶が、脳裏に次々と浮かぶ。

何も身に着けていない自分の体を無意識に抱きしめる。そうしないと震えだしそうだった。

ぜんぶ夢だと思いたい。でも覚えている。心が、そして体が。

史弥とセックスをした。半分とはいえ血の繋がった可能性のある弟と、体を繋げてしまった。しかも、……。

正体の分からないものがこみあげてきて、口元を手で覆う。脅されてひどい目にあったと、言い切れたらよかったのに。

自分が晒した痴態を思い出したくなくて、きつく目を閉じた。目じりがひりついているような気がする。きっと気づかなかっただけでかなり涙を流していたのだろう。

「んっ……」

史弥が身じろいだ。彼が起きてしまうのがひどく怖くて、そのままそっとベッドを抜け出そうと試みる。だが自分の足なのに、力がうまく入らない。

よろめきつつも立ち上がる。史弥はまだ眠っているようだ。寝乱れたベッド、散らばったバスローブといった昨夜の名残から目を逸らし、ベッドルームを出る。

とにかくシャワーを浴びたい。ゆっくりと歩いてバスルームに向かう。シャワーブースに入って、頭から湯を浴びた。

「うっ……」

体の奥がどろりと蕩ける感覚がある。自分の体内にあると意識していなかった場所が熱を持っているようだった。その違和感の理由を考えたがる自分をどうにか抑え込んで、髪と体を洗う。

丁寧に泡を流してから体を拭いて、鏡を見た。特に痕がないことにほっとする。髪を雑にタオルで拭きながら、バスルームを出る。

まだ史弥は寝ている。今のうちに帰ってしまおうと素早く静かに服を着た。

頭からシャワーを浴びたのは失敗だった。髪が濡れているのが気になるけれど、ドライヤーを使うと史弥が起きてしまう。

ソファ近くに置きっぱなしだった荷物をとり、部屋を出ようとした時、視線を感じた。肌がざわっと粟立つような、ねっとりとしたそれに振り返る。

ベッドの上で、膝に肘をついた史弥がこちらを見ていた。顔は笑っているのに、眼差しは熱を帯びて薫に絡みついてくる。

「何も言わないで帰るの」

「…………」

じっと目を見たまま史弥が近づいてくる。下着姿の彼がすぐそばまで来ても、指一本も動かせなかった。

「髪、ちゃんと乾かさないと」

まだ濡れている髪に史弥の指が絡む。そこでやっと、体の感覚が戻ってきた。

「……離せ」

払おうとした手を掴まれ、そのまま抱きしめられた。

洋服越しでも、史弥の体の熱さと逞しさが伝わってくる。この肌の感触を、自分はもっと知っている。生々しい記憶がフラッシュバックして、薫は唇を噛んだ。

「離してくれ、史弥。約束の一晩は終わっただろ」

感情が入らないように淡々と言った。ああ、とわざとらしい声を上げて史弥が手を離す。

「そうだね、終わっちゃった。残念だけど」

あっさりと離れてくれてほっとする。約束を守ってくれるのだろうとほっとして、じゃあ、と背を向けた。

「そうだ、兄さんにいいものを見せてあげるよ」

史弥がこちらにスマートフォンを向けてきた。何か白いものが映っていて、動画のようだがひどくぶれている。

何が映っているのかと見ていると、いきなり大きな声が聞こえてきた。

『ん、好きっ……』

甘い喘ぎ声に、全身から血の気が引いた。

「これは……」

自分の声じゃないと言いたい。だけど収録された自分の声を聞く機会が多いからこそ、分かってしまう。これは薫自身の声だ。

『あっ、……もう、……んんっ……』

まったく記憶がない。いつの間にこんなものを撮ったのか。

画面いっぱいが淡いピンクになる。徐々に焦点が合っていくのに比例するように、膝が小刻みに震えた。いやな予感しかしない。

『ああっ……！』

蕩けた顔をして喘ぐ、自分がいた。目を閉じ、だらしなく開いた口から舌をのぞかせながらせわしない呼吸をしている。

「消せ！」

こんなものを誰かに見られたら終わりだ。

目を閉じているから、よく見なければ薫だとは分からないかもしれない。それでももしこれが流出したらと考えただけで背筋が凍る。

炎上から仕事が無くなった仕事仲間をたくさん見てきた。失言ひとつで役を失うこともあるのだ。こういった性的なもののまずさはその比ではない。

「じゃあほら、削除して」

史弥がディスプレイを操作して、ファイルをゴミ箱に入れた。薫がじっと見ていると肩を竦めて、ゴミ箱の中からもファイルを削除した。

「これでいい？」

「クラウドにもあるんじゃないか」

薫が眠っている間に保存する時間は充分にあったはずだ。疑いの目を向けると、史弥がこちらにスマートフォンを差し出した。

「どうだろ、見ていいよ」

まずディスプレイを確認する。自分以外のスマートフォンを見る緊張と、いやな予感に指が震えた。

「まさか、写真……」

写真が関係しそうなアプリに触れる。そこにはもちろん、薫のあられもない姿の写真があった。

「うん、撮ったよ。兄さんがいいって言ったから」

「そんなこと」

言ってない、と否定したかった。だけどあるやり取りが頭に浮かぶ。

『兄さん、撮っていい？　いいよね？』

『いい、好きにしていいから、早くっ……』

その場に崩れ落ちそうになるのを必死で堪え、唇を噛んだ。

「史弥、お前……」

言いたいことはいっぱいあるはずなのに、うまく言葉にならない。どうして、なぜ、と疑問ばかりが頭をぐるぐると駆け回った。とにかく目についた写真を消していく。

「そんな怖い顔をしてないでよ。昨日から何も食べてないからお腹が空いてない？　何か頼もうか、それともラウンジで食べる？」

まるで昨夜のことがなかったかのような明るい表情と声が怖い。

「いい。帰る」

写真を消し終えたスマートフォンを史弥に押しつけた。

「そう。じゃあまた連絡するね、兄さん」

史弥が近づいてくる。キスをされる、そう思って反射的に逃げた薫を見て史弥が笑った。


ホテルを出てどうやって自宅マンションに戻ってきたのか、覚えていない。気がつけば薫は自室にいて、床に座りこんでいた。放り出していたスマートフォンは充電が切れている。

マネジャーから明日の連絡が来るはずだから充電しなければ。自分が長く演じているキャラクターのイベントも始まっているから、ゲームにログインもしておきたい。

やりたいこと、やらなければいけないことが次から次へと浮かんで、でも動けずにいる。

「……はぁ」

ため息の度に、体が重くなる。自分の体がまるで自分のものではないように感じた。舞台公演の疲れとはまるで種類が違う。指先にまで鉛を詰められたような重さ以上に、心が疲れている。

昨日の自分は間違っていた。史弥の脅しに動揺しすぎて、選択を誤った。あんな条件を飲むべきではなかったのだ。

とんでもないことをした。たとえ数年とはいえ兄弟だった史弥と寝てしまった。もしかしたら自分たちは、血の繋がりがあるかもしれないのに。

セックス自体が久しぶりだった。性的に淡白な自覚があったし、よく知らない相手と性行為をするなんて性格的に無理だ。だから年齢からすれば経験は少ない。ましてや同性相手は初めてだった。しかも自分が抱かれる側になるなんて、昨夜まで考えたこともなかった。——それなのに。

戸惑いも恐怖も、快感に勝てなかった。大きく足を広げて最奥に史弥を受け入れた。熱さと苦しさでいっぱいなのに体は確実に感じていて、何度も達した。体の深いところに熱を放たれたことは、頭よりも体が覚えている。

史弥に与えられる感覚を追うのが精いっぱいだったから、自分がどんな状態だったかなんて分からない。でも史弥に見せられた映像が、写真が、現実を教えてくれた。

乱れる自分は、知らない表情を浮かべていた。あんなの自分じゃない。快楽に溺れるいやらしい声と姿が頭にべったりと貼りついてはがせない。薫は両手を見つめた。史弥の背に縋った感触が、まだここに残っている気がする。

結局のところ、自分は愛情がなくともセックスはできてしまう人間だったのか。自問に答えを出せない。出したくない。だって、こんなことをされても尚、薫は史弥を嫌いにはなれないから。

昨夜も今朝も、史弥が怖いと思った。でもだからといって、もう顔を見たくないといった類の感情が湧いてこないのだ。

怖さと好き嫌いはイコールじゃないから、難しい。いっそもう顔も見たくないと言えれば、こんなに悩まなかったかもしれない。

床に投げ出していた手にオレンジの光が当たり、顔を上げた。午前中に帰ってきたのに、もう日が暮れそうだ。

とにかく感情を整理して、自分なりの落としどころを見つけよう。薫は手をついて立ち上がった。いつまでもこうしていたって何も解決しないのだと自分を叱咤する。

意識的に帰宅時のルーティンをしよう。まずは手を洗うところから始める。玄関に置いたままだったバッグを手にとり、リビングの定位置に置いた。ソファ脇のコンセントでスマートフォンを充電し、楽な部屋着に着替える。

そういえば丸一日、何も食べていない。何か口に入れようとキッチンに向かう。冷蔵庫を開けてまずミネラルウォーターを飲んだ。冷たい水が体に染みていくのが気持ちいい。

改めて冷蔵庫内を見る。地方公演後のため中身はミネラルウォーターと、日持ちのするチーズ程度しかない。冷凍庫に何かあったはずと手をかけたところで、メッセージの着信音が聞こえた。

まだ充電が始まったばかりのスマートフォンを手にとる。マネジャーから明日の確認が入っていたので手短に返信をした。明日の取材はマネジャーがつかないので一人で現場入りだ。

他に返事が必要なメッセージはないかと眺めているタイミングで、史弥からのメッセージが来た。

「わっ」

反射的に開いたメッセージには、写真がついていた。薫の寝顔だ。裸の肩が見える。見覚えがないから、ホテルで確認したフォルダには入っていなかったはず。

つまり史弥は、まだ薫の写真を持っているのだ。

「……また見せて？」

ふざけるな、と強く握ったスマートフォンに毒づいた。さらに続けて、好きだよ、の四文字。

「……これからどうすんだよ」

　思わず口に出たのは本心だ。

　もう兄弟には戻れない。史弥はその覚悟で薫を求めたのだろう。ならば自分も、その覚悟を決めなくては。そう考えたところで、大事なことを思い出した。

　史弥は結婚する。柏木の子を宿した澪子と。

　その後の出来事が強烈すぎてすっかり忘れていた。そんな大変な時期に史弥は何をしてくれたんだ。

　腹の底にふつふつとした怒りがわいてきて、昨日のやり取りを思い出す。他人事のような史弥に対して覚えた怒りと、その怒りを薫から向けられて喜んだ彼の姿を。

　史弥のことが、分からない。深く体を繋げたのに、そんなことをする前より彼が遠くなった。目から入った好きだよの文字が頭の中をぐるぐる回る。

　考えるのに疲れた。

　少し寝よう。そして忘れよう。ベッドに横たわって、息を吐く。

『好きだ。兄さんが好きなんだ』

　切羽詰まった史弥の声が聞こえた気がして、耳を塞ぐ。いやだ、今は何も考えたくない。

　すべてなかったことにできる魔法はないのかと考えながら、薫は目を閉じた。

翌日は一日取材と撮影の日だった。現在公演中のものではなく、その次の舞台についての取材だ。

次の舞台はアイドルとの恋愛シミュレーションゲームの舞台化だ。既にシリーズ化している作品の第三弾で、薫の出演も三回目となる。演じるのは三兄弟でデビューしているグループの次男、知的でクール担当だ。

今回はそのうちの次男と三男だけの取材で、まずは二人揃って撮影をした。キャラクターのビジュアルではないので、ヘアメイクの時間は比較的短めだ。

用意された衣装を着る時、普段より周囲を気にした。自宅で自分の体を確かめて、何も痕がないと分かってはいるものの、どうしたって心配になる。

撮影後はインタビューだった。担当のライターがまず定番の質問をした後、舞台に絡めた話題を振ってくる。

「お二人のご兄弟のエピソードを教えてください」

その問いに、薫は詰まった。

公式のプロフィールに兄弟がいるとは書いてない。それなのにどうしてこんな質問をされるのか。

　まさか、という疑いで頭がいっぱいになる。取材を受けている雑誌は大手出版社が発行していて、芸能ニュースが得意な週刊誌もあるはずだ。どこかから史弥の情報が入ったのか。でももし史弥が兄弟だと公表していたら、こんな回りくどい聞き方はしないはず。いろんな可能性を考えて答えられずにいると、左上から声が聞こえてきた。

「薫さんから兄弟の話って聞いたことないなー」

　左側に座っているのは、三男役の小宮郁真だ。彼はそのまま話し続ける。

「俺はリアルに三兄弟の末っ子です。で、兄がどっちもすっごいお調子者なんです」

「へぇ、どんな？」

　ライターの意識が郁真に向いてくれた。いい流れだと薫も郁真に体を向けて話を聞く体勢に入る。

「上の兄はこの前酔っぱらって電話してきて、持ってた小銭で目の前にあるコインパーキングの代金を払ってやったぜ！　って報告されました。知らない人の駐車代を払うって意味が分かんなくて」

「え、知らない人の分を？」

「適当に払ったみたいです」

「すごい、面白いお兄さんですね」

ライターが目を丸くする。薫も思わず笑ってしまった。

「失礼ですけど、やっぱりお兄さんも大きいんですか？」

ライターが聞いてしまうのも分かる。でっかいけど小宮です、が定番の挨拶の小宮はモデル出身で、背が高く手足が長い。

「そんなに大きくないです。二人とも俺より五センチくらい低いですね」

「いや、それ充分に大きい」

ついツッコミを入れてしまった。五センチ低くても薫より大きい。

「全員バレーボールやってたせいかも。靴すごいですよ、玄関に三人分が並ぶと、母親の靴が子ども用に見えます」

その絵面を想像しても笑ってしまう。ライターも笑顔になっていた。

「郁真の実家に行ったら遠近感が狂いそう」

「あー、そういうこと言われますね」

兄弟の話が面白くまとまってよかった。郁真の話の間に薫の気持ちも落ち着いた。

ライターの様子からして、たぶん薫の気にしすぎだ。そう思ったら少し楽になった。考える余裕をくれた郁真に感謝しつつ、相槌（あいづち）を打っていく。

「あと男三人兄弟だと食事が大変だったんじゃないかって言われるんですけど、確かに大変でした。晩飯は炊飯器を二つで炊いてたんで」

「それだけ食べてたから大きくなったんだな……」

しみじみ言ってしまった。郁真は満面の笑みで頷く。

「そうですね。毎日、どうやったら肉をたくさん食べられるかの戦争でした。とにかくそんな感じで、三兄弟の末っ子感なら出せますんで任せてください！」

郁真の話が一区切りついたところで、薫は口を開いた。

「僕は兄弟に憧れがあって……」

兄弟の有無を明言せずに話をしていく。これでいい。もしもの時の予防線を張る小心者ぶりは、自分自身がよく分かっていた。

別の雑誌の取材が終わると、今日の予定はもうない。明日は東京凱旋公演の場当たりがあるから、早めに帰宅して確認をしておきたい。

明日は朝から稽古だと言う郁真と電車に乗る。まだ夕方といえる時間のため、車内は空いていた。二人で並んで座る。

身長差があるはずなのに、座ると視線が近づく。それだけ郁真の足が長いのだと思うと悔しくもある。天性のものに嫉妬しても仕方がないと分かっているが、これだけの武器があるのは正直言ってとても羨ましい。

「今日の取材、やりやすかったです。薫さんのおかげかな」

郁真が嬉しいことを言ってくれた。にこにこと笑う姿に目を細める。

「俺こそ助かったよ。お前みたいな弟が欲しかったわ」

素直でかわいい郁真のような弟がいたら、今のような状況にはならなかっただろう。心の中でため息をつく。取材中にも史弥からメッセージが入っていた。体の心配をされているが返信はしていない。

「え、そう言ってもらえるとすごい嬉しいです。俺も薫さんみたいなお兄さんがいいです。うちのと交換してほしい。……いや違うな、俺を薫さんとこの弟にしてください」

スマートフォンを眺めつつ郁真が肩を竦めた。

「さっきのインタビューでも言いましたけど、三番目なんて雑な扱いですよ。かさばるから縮めってずっと言われてきましたもん」

「まあ確かにお前はかさばるもんな……」

まじまじと見ると郁真が苦笑する。

「薫さんまでそれ言います?」

「そこは事実だから。お前でかいんだもん。……でもまあ色々と言うけど、お前はお兄さんたちのこと好きなんだろ」

彼の発言からは、兄に対しての愛情が感じられた。仲良しの三兄弟なのだろう。

「まあそうですね、今も舞台を観にきてくれたりするんで」

曇りのない目で幸せそうに頷いた郁真に目を細める。

「……そういうの、羨ましいよ」

血の繋がりは分からなくとも、史弥を弟だと思っていた。でももう、兄弟の一線は越えてしまっている。もう何もなかった頃には戻れないとして、自分たちはこれからどうなってしまうのか。

郁真は何も言わなかった。それも当然だろう、たぶん自分の言い方が重すぎた。何か言ってごまかそうと思ったが電車が減速したのでやめておく。

ホームが見えてくる。そろそろ薫が降りる駅だ。郁真が住んでいるのは次の駅だと聞いている。降りる時の習性でポケットのICカードを確認した時、柔らかな声が言った。

「あの、……詳しいことは聞きませんけど、兄弟のこと、話したくないなら俺に話を振ってください。うちエピソードは売るほどあるんで」

彼らしい気遣いに目を丸くする。

「ありがとう。……やっぱりお前みたいな弟が欲しかったわ」

電車がホームに到着する。薫は立ち上がって郁真に微笑んだ。

「かさばるけどいいですか」

「いいよ、かさばらないとお前じゃないし。じゃあ、おつかれさま。また稽古で」

「おつかれさまでした」

本人は抑えているつもりだろうが結構大きめの声で郁真が言った。それに軽く手を上げて電車を降りる。足取りが軽くなったのはきっと郁真のおかげだ。

改札を出て、駅前のスーパーに足を向けた。

明後日(あさって)から凱旋公演が始まって忙しくなる。食料を買い足しておきたい。かごを手にとり、簡単に食べられる麺類(めんるい)や冷凍食品を中心に選ぶ。

アルコールの棚の前で足を止めた。期間限定のビールが並んでいて、なんとなく手にとった。普段は飲まない銘柄だけど、缶の色が次に演じる役に合っている。

数日分の食品を買って自宅へ帰る。手を洗い、うがいをして、バッグを定位置に置いた。それから食料を適切な位置へしまっていく。

ビールを冷やそうと手にとる。この銘柄を飲むのは久しぶりだなと冷蔵庫に入れた時、脳内に声が響いた。

『うーん、おいしいのかな。よく分かんない。兄さんはビール好き?』

『まあな。でも最初からおいしくはなかった気がするよ』

この銘柄は、史弥が初めて飲んだビールだ。

気がついた途端に繋がった記憶が鮮明に思い出されていく。あれは史弥が二十歳になった夜の会話だ。

当時のアパートはシングルベッドを置いたらもう小さなテーブル分のスペースしかなかった。日付が変わった瞬間に乾杯をして、缶ビールを飲んだ。ベッドにもたれながら初めてのビールの感想を聞いて、最初はなんでもなさそうだった史弥が、どんどん酔っていくのを見たのだった。

一本目を飲み終える頃には史弥の顔は真っ赤になっていた。酔った彼は薫の手をとると、しきりに同じことを繰り返した。

『――兄さんが好き』

ああ、そうだ。あの時、史弥は薫に本気の告白をしていたのだ。時間が経ってやっと気がついた。

ピッという電子音で我に返る。冷蔵庫にビールをしまおうとしている途中だった。慌ててドアを閉めてから、その場で頭を抱える。

あんなに好きだと言われていたのに、酔っているから流してしまった。最後は抱きついてきた記憶があるけれど、それも背中を撫でて適当に、自分も好きだよなんて話を合わせてしまったような記憶がある。

もしあの時、ちゃんと向き合っていたら――想像しても今が変わるわけではないのに、考え始めたら止まらない。

犯した間違いをどうすれば埋め合わせできるのだろう。回らない頭で答えを探していると、史弥からメッセージが届いた。

『今週、どこかで時間作れる?』

まるで薫が断ることを想定していないような文面だ。喉の奥に苦々しいものが張りつくのを感じて、息を吐く。

『明日は場当たり、それから凱旋公演だから無理だ』

返信すると、すぐに分かったと返事がきた。それで少し落ち着けた。たぶん史弥は、薫の仕事の邪魔はしないだろう。

今日は普段より気持ちの浮き沈みが激しい。そのせいでやけに心が疲れている。これを明日に引きずらないように、気持ちを切り替えなくては。

余計なことを考えなくていいように、明日の準備を始める。楽屋に置いておくものを大きめのバッグに詰めた。着ていく服も用意し、風呂上がりの下着までセットする。

あとは明日の台本を見ながらの確認だ。

リビングの真ん中で、立ったまま目を閉じる。舞台に立つ自分の姿を俯瞰(ふかん)で想像してから、脳内で舞台を再生していく。

台詞、動き、どちらも体に残っているそれを表に出す。そうするうちに足元から震えのようなぞくぞくとした感覚が上がってくる。指先にまで広がるのを待って、手を握った。そこでやっと、自分を包むものが高揚感だと知る。

握った手を開く。また握る。その単純な動きを繰り返すことで、自分の中にキャラクターを降ろす下地作りができるのだ。

脳内で自分の出番を早送りで確認して、目を開ける。

舞台で間が空いた時にやるルーティンだ。こうやって自分自身を整えておかないと、明日の場当たりに間に合わない。

たぶん一般的なやり方ではないだろう。ただ試行錯誤した結果、自分に合っていると分かったのがこの方法だった。

決して器用なほうではない自覚がある分、努力をするしかない。薫は目を開けると、いつの間にか額に滲んでいた汗を拭った。

翌日、薫は早めに家を出て、事務所へ顔を出した。

薫が所属しているのは雑居ビルに入っているこぢんまりとした芸能事務所だ。元々は劇団が始めた事務所ということで、舞台方面には強い。

「ちょうどよかった、薫くんに新しいタブレット渡したかったの」

女性マネジャーが薫に新しいタブレットをくれた。薫を含めた若手の男性俳優五人は、チーフマネジャーで現場担当の男性と、サポートで事務所メインの女性の二人体制でマネージメントをしてもらっている。

「ありがとうございます」

「パスワードは送っておいたので確認してください。使ってみて慣れておいてね。で、来月は大阪からの配信で大丈夫？」

薫は月に一度、ファンクラブ会員向けの生配信をしている。普段は事務所の会議室で行うのだが、来月は日程の調整がうまくつかず、地方公演で宿泊しているホテルからの配信になりそうだ。

「はい、いけます」

「じゃあ予定通りで。ホテルの備品が映らないように気をつけて。ファンレターもプレゼントも来てるけど、まだチェックが終わってないからまた今度渡すわ」

同じ事務所に所属していた女優がストーカー被害にあってから、事務所は個人情報が漏れないように過剰なくらい気にしてくれている。ファンからの手紙やプレゼントも念入りにチェックしてくれるので薫も安心できていた。

「了解です。じゃあ俺、そろそろ場当たりいってきます」

「いってらっしゃい、頑張ってね！」

タブレットを渡されて荷物が増えた。

会場までは電車移動だ。マスクをつけ帽子をかぶり、通いなれた劇場へと向かう。正面は既に明日からの公演仕様になっていた。

メインビジュアルには、右手を首の後ろに置いたポーズをとった薫がいる。長めの青い髪で青いカラコンをしている姿は、今の自分とは近いようでどこか遠い気がした。

関係者用の出入り口から会場へと入っていく。

「おはようございます」

スタッフに挨拶をしながら割り当てられた楽屋に行き、自分の名前が書かれた紙の貼ってあるスペースに荷物を置く。鏡の前に喉のケアグッズや化粧品を並べ、着替えも用意した。

「おはよー」

入ってくる共演者たちも与えられたスペースを自分用にセットしていく。必要最低限のものを並べるだけだったり、キャラクターグッズで埋め尽くすタイプだったりと、それぞれの個性が強めに出る場所だ。

動きやすい服に着替えて、軽くストレッチをする。自分なりに気をつけるポイントを手で確認しながら解した。体が終わったら顔の筋肉を鏡の前で動かし、口の中で舌を動かしてから発声練習に入る。

最後に深く息を吸って、ゆっくりと吐きだした。本番前と同じルーティンだ。こうすると心が整って、余計なことを考えなくなる。

スマートフォンの電源は切って、薫は目を閉じた。真っ白な自分の中にキャラクターが降りてきてひとつになる、その瞬間を待つ。

凱旋公演が始まると、薫の毎日は舞台一色になる。

公演中は飲酒を避け、生ものも口にしないと決めていた。共演者との食事も休演日の前日だけだ。そうやってコンディションを保っている。

薫にとっては数ある公演の内のひとつでも、客席に座る観客にとっては最初で最後の舞台かもしれない。それをいつも心に留めていると、自然に自分の中でルールができあがっていた。今はそれを守るだけだ。

メイクを落としてさっさと帰る支度をする。衣装のまま共演者と撮った写真をSNSに上げたら今日はもう終わりだ。

「おつかれさまでしたー」

関係者口から出て帽子をかぶり、マスクをして電車に乗る。一人だと案外と気づかれないもので、公演の感想を興奮気味に話している人の隣になる時もある。自分の名前が出る時はどうにもくすぐったい。スマートフォンを見ながら、耳に入ってくる話を聞いていないふりをするのもうまくなった。

たまに気づかれて話しかけられることもある。そんな時はそっけなく返し、次の駅で降りることにしていた。

SNSをチェックし、自分が演じているキャラクターが出ているゲームにログインしていると、あっという間に最寄り駅だ。

帰宅すると水分を補給してからゆっくり風呂に入る。今のマンションもファミリータイプでバスタブが大きいのが気に入っていた。特に公演が終わった日は、湯に浸からないと疲れが抜けにくい。

今日の反省は少しだけ。ひどいミスをした時は落ち込むけれど、それを明日には引きずりたくないから、改善点を見つけたら終わりだ。

風呂にスマートフォンを持ち込み、ファンからのリプをチェックする。観劇後の感想を一通り読み終えたところで、メッセージが入った。史弥からだった。

『おつかれさま。千秋楽の配信を予約したよ』

「……え？」

思わず声が出た。今回の舞台は千秋楽だけ映画館でのライブビューイングとネットでの有料生配信が予定されていた。

『急にどうした？』

これまでも史弥が舞台を観に来たことは何度かある。柏木と並んで座っている前で踊る役だった時は、表情を崩さないようにするのが大変だった。

父親の地盤を引き継いで史弥の顔が知られるようになってからは、来ないように言ってある。

『配信があるのをさっき知ったから。途中からになるかもしれないけど』

『別に見なくていい』

『なんで。兄さんが頑張っているのを観たい』

不意に史弥の声が聞こえた気がして、温かい湯に浸かっているのに震えてしまう。

「……勝手にしろ」

口に出したことと同じ内容を返信して、スマートフォンを濡れない場所に置いた。浅くなっていた呼吸を整えてから、深く息を吐く。

史弥との間に起きたことを考えないようにしていた。でも史弥がこうしてメッセージを送ってくる度に思い出してしまう。

時間が経って冷静になると、自分が犯した間違いが胸に重くのしかかる。

あの時はどうかしていたとしか思えない。澪子の妊娠から偽装結婚の話までを聞かされ、冷静ではなかった。

体の深くまで史弥の侵入を許したあの夜は、薫の中の何かを変えてしまった。その微熱めいた何かの正体を知りたいけど、知るのが怖くもある。

「はぁ……」

無意識に大きなため息が口をついた。

見たことのない眼差しで、聞いたことのない声で、一人の男になった史弥に抱かれた。

自分の体を投げ出して、それで済むという考えは甘すぎた。あんなにも情熱的に好きだと言われながら抱かれたせいで、自分の体を取引に使ったことへの後悔なんてすっかり快感に塗りつぶされてしまった。

まだ耳には史弥の声が残っている。好きだよという一言が遅効性の毒になるなんて、知っていたらあんなことはしなかったのに。

口元を右手で覆う。史弥の唇の感触が完全に消えてくれない。あんな濃厚なキスをしたのはいつぶりだっただろう。

どくん、と心臓が大きな音を立てた。

「っ……」

思い出したら体が内側から熱くなる。たまらず湯に体を深く沈めてやり過ごした。

のぼせるくらい長い風呂から出ると、まずは化粧水をつけ、ボディクリームを丹念に塗る。髪を乾かしてから水分をとり、軽くストレッチをして寝る準備に入る。公演中の普段の自分の行動をトレースして、やっと気持ちが落ち着いた。

ベッドに横たわり、目を閉じる。疲れた体にすぐ睡魔が襲ってきて、薫はその誘惑に逆らわずに眠りについた。


千秋楽の公演前、ヘアメイクが終わり衣装を身に着けると自然と背筋が伸びた。

今日は全国の映画館を結ぶライブビューイングとネット配信があるため、いつもよりカメラが多い。史弥も観るだろうか。ちらりとよぎったことを追い出すべく、頭を打ち振った。

自分のスペースの前で目を閉じて集中する。

舞台の上に立つのは、舟沢薫ではない。まずはキャラクターを自分の内側に入れて、体にぴたりと密着させる。

「行くぞ」

自分の声が変わった。舞台裏を収録しているカメラに向かって笑う。さあ、最後の物語が始まる。

そうして約二週間の凱旋公演は、無事に千秋楽を迎えた。

会場の都合で日曜日の昼公演が千秋楽で、楽屋もすぐに片付けねばならなかった。余韻に浸る間もなく荷物を片付ける。

体がちゃんと動けてよかった。舞台はミスなくいけたが、最後のカーテンコールの挨拶で少し噛んでしまったのが悔やまれる。キャラクターではなく役者として挨拶する場面だが、いつもあまりうまく切り替えられないのだ。いっそキャラクターのままで挨拶するほうが楽だと思っている。

「おつかれさまでした、打ち上げ参加の方はこちらですー！」

慌ただしく片付けを終えると、スタッフや共演者と共に打ち上げに行った。大人数での打ち上げ、しかも早い時間からのスタートのためか、比較的落ち着いた中での飲み会になった。

三時間ほど経っておひらきとなり、帰ろうとしたところを今回初共演だった座長に呼び止められる。

「これから二次会なんだよ、薫も行こうぜ」

薫より少し年上の座長は人気の俳優で、交友関係が広い。かなり派手に遊ぶタイプのようであまり性格は合わなかったが、他の共演者も行くというので断りづらかった。

「薫さんも行きましょう！」

「……じゃあ、少しだけ」

共演者にも強く誘われ、早めに帰ることをにおわせながらも参加することにした。タクシーに分かれて乗車する。真新しいビルの前で車を降りたが、看板もなにもないのが気にかかる。二次会の場所はカラオケだと聞いていたが、ここがそうなのだろうか。

エントランスを抜けるとすぐにフロントだった。フロント脇にロッカーを見つけたので、荷物を預ける。千秋楽後で大荷物だったからこれで身軽だ。

「――おまたせー！」

座長の声が高らかに個室に響くと、きゃぁ、という女性の声が聞こえた。

案内された広い個室には、大きなディスプレイとソファだけでなく、ジャグジーもベッドもあった。ここは本当にカラオケ店なのか。そしてソファに座る、見知らぬ若い女性たちは誰だろう。

これはどういう状況だ。戸惑っているのはどうやら薫だけらしく、座長を始めとしたみんなは楽しげに女性たちとハグをしている。

薫がソファの端に座ると、強いバニラの香りをまとった女性が隣にやってきた。はじめまして、という挨拶だけをした。

どう見てもいやな予感がする。これはすぐ帰ったほうがよさそうだ。

「飲み物、どれにします？」

鼻にかかった甘い声で女性が聞いてきた。たぶんすごく若い。それなのにメイクが濃くてアンバランスだ。未成年だったら困ると思いつつ、メニューを見ずに言った。

「あなたと同じもので」

「はーい、じゃあシャンパンで」

「お酒、飲んで大丈夫なんですね？」

遠回しに年齢を確認する。彼女は嬉しそうに、はいっ、と頷いた。

「先週から合法です」

いやな予感のレベルが上がったその時、急に低音が室内に響いた。大きな音で音楽が流れ始める。照明も落とされて、まるでクラブの中のようだ。隣の女性の声もろくに聞こえなくなる。

薫の前にもグラスが回ってきた。

「じゃあ乾杯～！」

能天気な声で座長がそう言った。薫も形だけ乾杯をして、グラスに口をつける。これを飲んだら帰ろうと思って、少し多めに飲んだ。

「………」

シャンパンの妙な薄甘さが気になる。なにか混ぜられたか。グラスを見てもよく分からない。

「君とは初めてだっけ？」

薫の正面にあるテーブルに共演していた後輩がやってきて、隣で飲んでいる女性に声をかけ始めた。薫はグラスに口をつけるふりをしながら、この場から帰る理由を考え始めた。ここにいるのはまずいと本能が告げている。

タイミングよく電話が鳴った。史弥からだった。

「ごめん、ちょっと電話」

周りに声をかけて席を立つ。知らない男が室内に入ってくるのと入れ替わりで個室を出た。廊下は個室内に比べれば静かだ。

『兄さん、今どこ？』

電話に出るとすぐに史弥の声が聞こえてきてほっとする。

「ああ、ごめん、もう終わったのか？」

念のため周囲を見回した。誰もいないことを確認しつつも、聞かれても不自然ではない程度の会話を組み立てる。

『なんか変だね。どこにいるの？　迎えに行こうか？』

壁にもたれかかった。史弥の声が近いのに遠く聞こえる。何か変だ。

「そうしてくれると助かる」

こういった時に詳しく説明しないでも察してくれるのは助かる。なにより史弥の声が今は心強い。

『いいよ、ちょうど家に行こうと思ってたから。今どこ？』

「切ったら連絡する」

　じゃあ、と電話を切ってから、タクシーの中で見た近くの駅名をメッセージに書いた。

『近いからすぐ行ける』

　すぐに返信がきて、やっと息をつけた。何かに急かされるような落ち着きのなさにそわそわしつつ、返事をする。

『ありがとう。また連絡する』

　個室に戻ろうと足を一歩出したところで、頭が揺れる。

　何かがおかしい。胸に手を当てる。打ち上げでも飲んだせいか、頬が熱くなっていた。

　とにかく帰ると告げよう。個室に戻ると、座長が部屋の真ん中で女性を膝に乗せて濃厚なキスをしていた。

「……ごめん、急用で」

　薫が座っていた場所に移っていた後輩に耳打ちし、財布から出したお金を渡した。

「これ、渡しといて」

　相場が分からないので多めの金額だ。後輩は座長をちらりと見て口元を歪めた。

「了解っす。あれじゃあ渡せませんよね」

「ちょっとな。頼むよ」

　そのままそそくさと個室を出る。うるさいくらいの音楽のせいか、誰も薫を気に留めていないのが幸いだった。

顔を伏せてフロントを通り、荷物を持って店を出た。早くその場を離れたくて早足になる。まずは駅まで移動して、それから史弥を待てそうな場所を探した。

ちょうど見つけたコンビニで水を買った。日曜日の夜だがそれなりに人がいる中、邪魔にならないように駅前の一方通行で立ち止まり水を飲む。

喉が張りつきそうなほど渇いていた。冷たい水がとてもおいしい。

前を通った車が少し先でハザードランプを点けて路肩に停まった。史弥の車だ。急いで駆け寄ると、助手席の窓が開く。運転席に史弥の横顔が見えた。

「乗って」

「うん」

急いで助手席に乗りこみ、シートベルトを締める。左右を確認した史弥が車を出した。

「……ありがとう、助かった」

この前と違うにおいがするのは、はたして自分のせいだろうか。シートに体を預けて息を吐く。

「何があったのか説明して」

前を見つつも史弥が顔をしかめる。

「甘ったるいにおいがする」

「うん、女の人がいたから。……それで、なんか飲まされたっぽい」

車が停まる。目の前の信号が赤になっていた。

「薬？」

史弥が身を乗り出してくる。薫は顔を伏せた。まずい状況に足を踏み入れてしまったやましさで史弥を見られない。

「……分からない。やったことないから。それに飲んだのは一口だけ」

「そうか、まあそうだよな。うーん、ちょっとこっち見て」

顎に手がかかる。少し顔を上げられる。史弥は真顔で首を傾げた。

「車内じゃ分からないな。なにか変な感じはある？」

「なんか熱い。……それと鼻が変だ。なんか魚みたいなにおいがする」

そう言うと史弥が声を立てて笑った。

「それは正解。後ろに魚を積んでるから」

「え？」

後ろを振り返ると同時に車が動きだした。

「鯛を持ってきたんだ」

「……鯛？」

「そう。立派なのが送られてきたから、兄さんに食べてもらおうと思って」

史弥の話が理解できない。

「そんなの、澪子さんと食べればいいじゃないか」

わざわざ自分のところに持ってこなくてもと思うのは、当然の疑問だと思う。

「彼女は今、魚がだめなんだ。まったく食べられないし、においも受けつけない。家で料理されるのもいやみたいだから、兄さんのところに持ってきた。これを使おう」

駅を過ぎて大きな通りに出ると、史弥はハザードランプを点けて路肩に車を停めた。

「鯛を今すぐもらってくれそうな、SNSをまめに更新する知り合いはいる?」

「え?」

なんの話をされているのか理解できずに聞き返した。どうも頭がよく回らなくなっている。

「今日、やばいところにいたんだろ。もしあとで何かあった時のために、アリバイを作っておこう。兄さん本人より、繋がっている他人が上げてくれる写真がいい。すぐ写真つきでSNSに上げてくれそうな人に心当たりはある?」

「……なるほど」

史弥の指示に納得して、スマートフォンを手にとった。

「でも難しいな、……あっ」

小宮郁真の名前で手が止まる。彼はもう次の舞台の稽古に入っているはずだ。薫も明後日から合流予定だ。彼の家は薫の家の隣駅だから、ここからさほど遠くないと思われる。

しかも郁真は回転寿司店でバイトをしていたので魚がさばける。前に料理企画で魚をさばいているのを見たから間違いない。

「心当たりに電話してみる」

史弥の返事を待たずに電話をかけた。どくんどくん、とどこか別の場所から自分の心音が聞こえる。鼓動が早くなっているみたいだ。

数コールで郁真は電話に出た。

「遅くにごめん」

『おつかれさまです。どうしました？　電話なんて珍しいですね』

言われてみれば確かに、いつもはメッセージアプリで会話する程度だ。

「ちょっと急ぎのお願いがあって。今は家にいる？」

『家っすよ。薫さんがお願いってなんだろ、俺にできることです？』

いぶかしげな声で聞かれて、見えないのに頷いていた。

「鯛をもらってほしいんだ」

『……たい？』

戸惑う声が返される。それも当然だろう、同じ電話を受けたら薫だって戸惑う。

「ああ。魚の鯛だ」

『なんで急に鯛が……？』

こちらの様子を窺っている史弥と目が合ったから、すぐに逸らした。

「いただきものなんだけど、俺はさばけないから困ってるんだ。お前、さばけただろ？もらってくれると助かる」

こんな時間に鯛を持ってこられてもきっと迷惑だろうと思いつつ、頼む、と続けた。

『えー、いいんですか。じゃあいただきます』

あっさりと了承してくれた。よかったと思った瞬間にどっと汗が噴き出す。

「助かるよ。これから持っていってもいいか？」

『あ、俺が行きますよ』

なんていいやつだろう。心の中で感謝しつつも首を振る。

「いや、いいよ。これから近くを通る予定なんだ。悪いけど住所を教えてくれ」

『じゃあ家の場所、送りますね』

「頼む。また近くなったら電話する」

『はい、待ってます』

通話を終えると、こちらを窺っていた史弥が言った。

「後輩？」

「……そう。次に同じ舞台に出る後輩。うちの隣駅に住んでいるんだ」

「じゃあそっちに向かうよ」

「そうしてくれ」

スマートフォンを手に持ったまま、シートに体を預けた。呼吸がいつもより浅くなっているのが分かる。頬も熱い。

少しして郁真から住所の位置情報が届いた。インタビューの時だって助けてくれた郁真は、なんていいやつだろう。

「住所分かったらナビして」

史弥に道のりを簡単に説明し、地図アプリで案内する。その間も喉が渇いて、十五分ほど走る間にペットボトルは空になった。

隣駅近くで郁真に電話をして、詳しい道順を教えてもらう。

「……ここ？」

目印の角を曲がったところにあるのは、想像していたよりも立派なマンションだった。入り口に車を寄せてもらう。後部座席から発泡スチロールの箱を取り出した時、エントランスの自動ドアが開いた。

「おつかれさまです」

ジャージ姿の郁真がこちらにやってくる。

「ああ、おつかれ。こんな時間にごめん」

もうすぐ着くと連絡したのだが、どうやらエントランスで待っていてくれたらしい。

「全然いいですよ、俺は明日オフなんで」

にこにこと笑う彼を見上げた。

「これなんだけど」

「見ていいですか？」

返事を聞かずに郁真が蓋(ふた)を開ける。一匹の立派な鯛がどんと横たわっている。

「こんなに立派な鯛、いいんですか」

目を丸くして聞かれて、もちろんと頷いた。

「もらってくれると助かる。俺ではどうにもできなくて困ってるんだ。お前ならどうにかできるだろ？」

「大丈夫です。じゃ、遠慮なく。すげぇいい鯛ですね」

鯛を受け取った郁真は満面の笑みだ。

「明日、稽古があれば料理して持っていけたのにな。今度お礼しますね」

「気を遣わないでくれ、こっちがもらってもらったんだから。あ、それとその鯛、SNSに上げていいから。俺にもらったって書くのも問題ない」

「やった、いいネタにもなります。早速上げますね、ありがとうございます」

彼の事務所はできる限り毎日、SNSを写真つきで上げるというきまりがある。そのためいつも写真のネタ探しをしているのだ。きっと今日もすぐ公開してくれるだろう。

「車、マネさんですか？」

郁真の視線が史弥の車に向かうのを見て、ああ、と曖昧に頷く。

「しかしお前、いいところに住んでるんだな」

話を逸らすべく、郁真の後ろにある結構な高級マンションを見る。

「ええ、まあ、俺は居候ですけど」

そうなのか、と言おうとした時、目の前にタクシーが停まった。驚いて少しよけたつもりが、足元がふらついた。それを郁真が左手で支えてくれた。

「大丈夫ですか」

「ああ、悪い。ちょっとびっくりした」

タクシーから黒ずくめの男性が降りてきた。帽子にマスク姿だが、細身のシルエットに見覚えがある。

「あ、おかえりなさい」

郁真が男性に声をかける。その人と目が合った。

「……どうも」

小さい声で挨拶されて、誰か分かった。皆本利人という名の、２・５次元だけでなくグランドミュージカルでも活躍する俳優だ。薫も一度だけ舞台で共演している。同い年だが皆本はデビューがとても早いので、薫にとっては先輩に当たる。

ミステリアスな美形という表現がぴったりくる顔立ちは、帽子とマスクくらいでは隠せていない。街灯を背にした薄暗い状態でも、切れ長の大きな瞳はきらきらと輝いていた。

「どうも、こんばんは」

どうしてここに彼がいるのだろう。薫と同じく皆本も共演者とあまり仲良くするタイプではないため、プライベートはまったく知らない。そもそも郁真と仲が良さそうなのも意外だ。

「利人さん、薫さんからこの鯛をもらったんですよ。鯛めし、好きですよね」

「鯛……」

薄闇の中でも、利人の目が嬉しそうに細められたのが分かった。

「ありがとうございます」

「いえ、こっちこそもらってくれて助かりました。……じゃあ、よろしくな」

皆本に礼を言われて微妙な気持ちになりながら、話を切り上げた。

「また明後日な。……では」

「はい、よろしくお願いします！」

元気な郁真とぺこりと頭を下げた皆本が見送ろうとする。手を振ることで二人を制して、車に戻った。

助手席のシートに体を預けて、息を吐く。

「見られているから、すぐ出すよ」

運転席の史弥はドアミラーをじっと見ていた。

「ああ、うん」

急いでシートベルトを締める。史弥は周囲を確認しながら車を出した。

「助かったよ、ありがとう」

「これくらいどうってことない。兄さんが頼ってくれるならなんだってしてあげるよ」

なんてことのないように言った後、史弥はちらりとこちらを見た。

「さっきの二人、恋人同士なの？」

「は？　まさか」

どうしてそんな発想になるのか。知らなかったがあの様子ではたぶん二人はかなり親しい。郁真は居候と言っていたが、皆本の部屋に住んでいるのかもしれない。でもそれだって、ただの同居だろう。

「どうかな。兄さんは鈍すぎるから」

「それは」

反論したい。でも言葉が出てこなかった。喉の奥がじんわりとした熱を帯びている。吐いた息も我ながら艶めかしい。

「そうだ、今日の配信、観たよ」

前を見たまま史弥が言った。

「歌もダンスもうまくなっててびっくりした。ファンサっていうの、あれすごいね。もらった子は一生忘れないだろうな」

羨ましい、と付け加えた史弥は何が言いたいのだろう。褒められるのは嬉しいけれどなんと返していいのか分からない。

車が大きな通りに出る。どこに向かっているのかとぼんやりと考えていると、スマートフォンにメッセージが届く。郁真からだった。

『鯛の写真、上げときました』

早い。すぐにSNSを確認する。郁真が鯛を持っている写真が上げられていた。彼が持つと鯛も少し小さく見える。すぐにコメントを返しておく。

「小宮が――さっき鯛をあげた後輩が、もう写真を上げてくれた」

これでもしもの時のアリバイは完璧だろうか。スマートフォンを胸に抱いて深呼吸をした。

「へえ、早いな。よかった、とりあえず今日できることはやれた」

じゃあ、と史弥は前を見たまま続けた。

「このまま少し走ろうか？」

「いい。……帰る」

対向車のライトが眩しい。ふと運転席を見ると、史弥が目を細めていた。

「それって、誘ってるの」

問いかけられた瞬間、ぶわっと全身の毛が逆立った。史弥とあの夜以来初めて顔を合わせたのだと気づいたせいだ。

どんな顔をして会えばいいのかと考えてきたが、答えなんて出なかった。そんなことを気にしている余裕がないまま普通に会話していたのに、急に喉がひりついた。

ぎゅっと手を握る。あの夜、弟と呼んでいた彼が、本能に溺れる姿をこの体で知ってしまった。そして奥まで暴かれると自分がどれだけ乱れるのかも、知られてしまった。

落ち着きはじめていた鼓動がまた激しくなった。きっと自分は何かを飲まされた。そうじゃなきゃこんなに、持て余すくらいの熱が全身に広がるはずがない。

この熱をどうやって治めればいいのか分からない。でもきっと、史弥は知っている。

もう自分たちは何も知らなかった時には戻れないのだ。越えてはいけない一線を越えてしまったのだから。それでも最後の選択を自分でするのが怖い。

「……お前がそう思うならそうだな」

答えを史弥に託すのはずるいと我ながら思う。それでも、素直に頷く勇気はなかった。

「じゃあいいほうに解釈するよ」

答えずに薫は助手席のシートに体を預けて前を見た。ちょうど正面に、月が霞んで見えている。

「……朧月夜だな」

月を包むような霧が美しくて目を細める。

「そうだね。きれいだ。月が霧に溺れているみたいで好きだって、昔言ってたね」

「そんなこと、言ったかな」

台詞でしか言った記憶にないが、実際にそう思っているのだからたぶん言ったのだろう。はたして自分が忘れっぽいのか、史弥がよく覚えているのか、どちらだろう。

「言ったよ。まだ俺たちが、兄弟になる前に」

車がゆっくりと減速する。薫の住むマンションの前で停めると、史弥がこちらを見た。

「降りて中に入って待ってて。車を停めてくる」

「分かった。隣が空いてなかったら裏にもコインパーキングがあるから」

シートベルトを外し、近くの駐車場を指した。

「了解」

車を降りてエントランスを抜けたところで、史弥を待つ。壁にもたれて呼吸を整える。

数分後、足早に史弥がマンションに入ってきた。内側からオートロックの扉を開けて、エレベーターに向かう。

同じ箱に乗りこんで、階数のボタンを押す。お互いに何も言わなかった。目線さえ合わないまま、エレベーターを降りて薫の部屋に向かう。

鍵を差す指先が震えた。ロックの外れる音がやけに大きく響く。

「——あっ」

玄関に入るなり、史弥に後ろから強く抱きしめられた。そのまま体を反転させられて、壁に押しつけられる。

「んっ」

ぶつけるようなキスをされた。突然でついていけない薫の唇を史弥が食む。少しずつ緩んでできた隙間に舌を差し入れようとしてくる。

口づけが深くなるのが怖くて固まっていると、頰に手を添えられた。軽く上向くように顎を固定して、改めて入ってきた舌が薫の内側を舐めていく。頰の裏をくすぐられ、それを外から指で押されて膝が笑った。

「……っ……」

舌先がぶつかる。おずおずと差し出したそれを強めに吸われて、頭がぼうっと霞んでくる。

史弥の太ももが薫の足を割り、股間を押した。キスが解けて、唇に史弥の吐息がかかる。

「……ねぇ、いつからこの状態だったの？」

史弥の楽しそうな声で、はっきりと昂っていたそこがさらに熱を持った。押し殺した声が喉に絡む。

そのままずるずると崩れるのが怖くて、史弥の腕を摑んだ。嬉しそうに喉を鳴らした史弥を見上げた。

「分からない、……なんか、変、だ……」

キスをきっかけに、熱がまた上がった。やっぱり何か飲んだ、こんなのおかしいととぎれとぎれながらも告げると、史弥が目を細めた。

「うん、……そういうことにしておこう」

どういう意味か問う前に、耳に唇が寄せられる。

「ねぇ、シャワー浴びよう。このにおい、なんかやだ」

子どもじみた言い方につい笑ってしまう。史弥は憮然とした顔で体を離した。

お互いにまだ靴を履いたままだ。乱雑に靴を脱いで、転がるようにバスルームへ向かった。廊下で上着を脱ぎ、ベルトを外しながらキスをする。

重ねた史弥の唇が少しかさついていて、それがやけに薫を煽った。

「んっ……」

触れては離し、角度を変えて唇を触れあわせながら、吐息を混ぜていく。そうするともう止められなくて、もつれあうようにバスルームのドアを開けた。

洗面台の鏡の前で、はぎとるように服を脱がされる。なにかに急かされる状態がひどくなって、鼓動が薫の気持ちを置いてどんどん速くなっていく。

史弥は薫の腰に左腕を回して抱き寄せながら、器用に服を脱いだ。お互い下着だけの姿になって、体を重ねた。お互いの昂った性器が布越しに擦れるのがもどかしい。

史弥の手がゆっくりと下着を脱がせてくれる。彼は床に膝をつくと薫の足を片方ずつ持ち上げて下着を脱がせた。

「っ」

露わになった性器の先端に軽く口づけられて、体が跳ねた。もっと、とねだるように腰が揺れるけれど、それを無視して史弥が立ち上がる。

「俺も脱がせて」

右手を下肢へ導かれた。史弥の下着に手をかける。ゆっくりと下ろした途端に赤黒く膨らんだものが目に入って息を飲んだ。

「そんなに見られたら照れるんだけど」

史弥に言われてそれを凝視していたと気づいて、慌てて視線を逸らす。それでも見てしまった史弥の性器が記憶から消せない。

自分と同じものと思うには、あまりに生々しい色と形だった。あれがあの夜、自分の内側を暴いたなんて信じられない。

「入ろう」

中途半端な位置で止まった下着を脱ぎ捨て、史弥がバスルームの扉を開けた。ここは薫が生活している部屋なのに、彼のほうが堂々としているのが不思議だ。

明るい浴室で、何も身に着けず向き合う。そこに興奮があるのを隠せない。

史弥がシャワーに手を伸ばす。温度を調整して、腕から軽くお湯を当てられた。全身をまず湯で洗われる。

「座って」

おとなしくバスチェアに座る。上半身だけ鏡に映った。

頰を上気させ、目を潤ませている自分は、この先を期待している顔をしている。それを直視できなくて視線を後ろに向けた。ボディソープを手にとった史弥が、手で丁寧に泡を作っている。

「はい、右手を上げて」

言われるまま右手を上げた。泡が肌を覆っていく。指先から肩まで洗われる。丁寧な手つきが気持ちよくて身を任せていると、右手を更に持ち上げられた。

「あっ」

脇を指が撫でる。洗うと言うよりは熱心に肌を探られて、くすぐったさに身をよじった。

「やめろって」

腕をとり返そうとしたら、逆に後ろから抱きこまれてしまった。そのまま右の脇をゆっくりと洗い流される。

「なんでこんなに興奮するんだろ」

史弥は声を弾ませていた。何がそんなに楽しいのか薫には分からない。

「ここ、しばらくこのまま?」

何を聞かれているのか、こんな時でも理解してしまった。薫は静かに頷いた。

「次の衣装も袖がないから、たぶん」

「ふーん。兄さんのここをみんなが見るんだ……」

じっとりとした視線が恥ずかしい。ついため息が出る。

「俺の脇を見て興奮するのなんてお前くらいだよ」

「そうかな?」

そんなことないよと言いつつ、史弥は丁寧に薫の体を洗う。それから随分と大雑把に自分の体も洗っていく。

鏡越しに史弥の体が目に入った。こんな明るいところで彼の裸を見るのは、大学時代に一緒に温泉に行った時以来だ。

あの時は史弥も線が細かった。今はすっかりできあがった大人の男の体になっている。丁寧に洗われて鼓動が落ち着くと、この状況がとても恥ずかしくなった。

勢いのままここまで来てしまった。でも今ならまだ引き返せるのではないか。そう思った時、だった。

「んんっ」

無防備だった口の中へ、史弥が人差し指を入れた。

「舐めて、兄さん」

唇をこじ開けて指が入ってくる。不意打ちに固まる薫の口内をゆっくりとなぞられて、だらしなく口が開いた。

「う……っ」

指が増え、舌を引っ張られる。無防備に晒した舌の裏側を擦られて、ぞくぞくとした痺れに震えた。勝手に腰が揺れだす。

「ああ、いい顔してる」

囁くと同時に耳朶を齧られた。耳の形を舌でなぞられながら、口の中を指で犯されるうちに頭が真っ白になった。

「……、ぁ、んっ……」

揃えた指が唇をめくる。それを無意識に追いかけると、奥まで飲みこむ形になった。喉をくすぐられる苦しさに涙が滲む。

　喉が渇いていたはずだった。だけど史弥の指が触れるとすぐに潤うのか、唾液が溢れてくる。それをくちゅくちゅと音を立ててかき回されるうちに、頭がぼんやりとしてくる。

「は、ぁ……」

　舌の表面をゆっくりと撫でられて眉を寄せた。そうしないとその場に崩れてしまいそうだった。まるで体から骨が抜かれてしまったかのようで、どこにも力が入らない。

「ん、っ……」

　口の中を散々かき回し、舌を弄んだ指が出ていく。だらしなく緩んだ口元に史弥の親指が触れ、そのまま喉仏まで撫でおろされた。

「ふ、あっ……」

　鎖骨を辿った指が右の乳首を摘まむ。指の腹で軽く擦られるとそこがぐっと硬くなって、甘い痺れを呼んだ。

「兄さんの乳首、こんなに小さいのに感度がいいよね」

「やっ……」

　軽く爪を立てられて目を見開いた。痛みなのか快感なのか分からない刺激が下肢に伝わって、昂ぶりが震えた。体中のすべてが熱くて燃えだしそうだ。

「こんなに感じる乳首、舞台で見せたらだめじゃない？　今年の初めだっけ、前が開いてる衣装があったよね。あれ見えてたでしょ」

含み笑いをしながら史弥は乳首を押しつぶす。たまらず太ももを寄せていると、史弥が後ろから覆いかぶさってきた。

左の乳首も色づいた部分ごと摘まれて、息を詰める。

「ここだけでいけるようになったりしないかな」

耳に舌を差しこまれながらそんなことを聞かれても返事なんてできない。右と左の乳首を同時に弄ばれて、息が苦しくなっている。

「……手をついて」

言われるまま床に手と膝をついた。バスチェアを退けた史弥は薫の腰を持ち上げると、尻(しり)を割り開いた。

「や、だ……」

明るい浴室でそこを晒す羞恥に消え入りたくなる。こんな風に誰かに見せる場所ではないはずなのに、そこは史弥の視線にひくついてしまうのだ。

あの夜、この体が何を覚えてしまったのか。薫の反応できっと史弥は気がついただろう。それが情けなくもせつない。

「兄さんってここもきれいだよね」

濡れた指がゆっくりと窄まりを撫でる。この後に何をされるか分かっていて、でも逃げないばかりか期待してしまう自分は愚かだと思う。

シャワーを手にした史弥は、薫の腰から尻を何度も撫でながら湯をかけた。それさえも気持ちがよくて震えていると、無遠慮な指が窄まりの縁にかけられる。

「力を抜いて、兄さん」

そんなことを言われたって、簡単にできることではない。頭を打ち振ってそれを伝えても、史弥はそこを指で暴くのをやめなかった。

「中もいやらしい色だ」

「あっ……見る、な……」

ぐっと指を埋められ、息を詰めた。異物を拒むように収縮するそこをゆっくりと広げるようにして、指が入ってくる。

「っ、……」

唇を嚙む。そうしないとどんな声が出るのかも分からない。窄まったところを指で広げる行為は、痛みよりも違和感が強かった。

「だめだ、それ……、いやっ……」

シャワーの湯が当てられる。内側へと湯が入ってくる感覚に体が崩れそうになった。

「……ふ、ぁ……やっ……」

指が増えた。中に入った指がぐるりと回される。内側の粘膜を確認するような手つきを繰り返されると、自然と口が開いた。溢れた唾液が床に落ちる。

「ここ、かな?」

「ひっ」

史弥の指が、薫の弱い場所を撫でた。びりびりと脳天まで痺れる。何もかもが一気に快感で白く塗りつぶされて、その場に突っ伏した。

「兄さんはここが弱いね」

「や、……だ、めっ……」

指の腹で円を描くように撫でられて、全身の毛が逆立つような感覚に襲われた。昂っていた性器からどっと先走りが溢れる。

「どうしてだめなのかな、こんなに気持ちよさそうなのに」

揃えた指で中をかき回され、息が上がる。触れられたところから中が柔らかくなってしまうのを止められない。

「……い、ゃ……すぐ、いっちゃ、う……」

「いくのやだ?」

優しく問いかけられて、何度も頷いた。

「……や、だ……ひとりで、やだ……」

勝手に口から感情が出ていく。このまま一人だけ達するのはいやだ、だって、と頭でぐるぐるしているものをどうにか言葉にしたくて、でもできなくて、唇を噛む。

「かわいいな……。じゃあここに、俺を入らせて」

史弥の指が深いところに触れた。その刺激を喜ぶかのように窄まりが指を締めつける。

「奥も熱いね、兄さん」

「ああっ」

奥へと誘うように粘膜が史弥の指に絡みつく。自分の意思ではないという言い訳をしてもきっと信じてもらえないだろう。それくらい露骨に中がうねっている。

硬いものが宛がわれる。指で縁を広げては戻されて、涙が滲んだ。

もどかしい。もっと強く、圧倒的な感覚が欲しい。初めて史弥に抱かれたあの夜までは知らなかった快感を求めて腰が揺れた。

「俺が欲しい？」

こんな傲慢な台詞を口にされて、どうして血液が沸騰したみたいに興奮しているのだろう。浅い呼吸を繰り返しながら、薫は頷いた。

「き、て……」

こんな風にねだってしまうのは、正体の分からない何かを飲んでしまったせいだ。そうじゃなければおかしい。たった一晩で、自分の体がこんなに快感に従順になるはずがない。

焦るように自分に言い訳している薫の上で、史弥は言った。

「いいよ、あげる」

ぬぷっと音を立てて入ってきたそれが、薫の息を止めた。

「……ん、っ……」

熱くて硬いものが少しずつ奥へと進むこの感覚に、慣れたくない。頭ではそう思っているのに、体からは力が抜けてしまう。開いた唇から吐息が零れて、まるで準備をしているかのようだ。

「……力を抜いて。そう、……んっ……」

張り出した先端を受け入れると、あとはもう、その熱を味わうだけだ。ずぶずぶと入ってくるそれに押し出された吐息が熱い。

「は、ぁ……っ、……」

柔らかくなったとはいえ狭いところを、熱く硬いものがこじ開けていく。痛みも苦しさもあるのに、それ以上の充足感に満たされた。

「ん、……すごい。喜ばれてるみたい」

笑い声が背中に落ちてきた。それすら刺激になって、身をくねらせてしまう。

「気持ちいい？」

指で押されて感じてしまった場所に先端を押し当てられた。その段差でねっとりと擦られて、中がうねる。

「くっ、……」

背をしならせてきつく締めた結果、史弥の性器がどんな形なのかはっきりと分かってしまった。血管がどくどくと脈打つのまで伝わってきて、薫は甘く啼いた。

「そんなに締めないで、……すぐいっちゃうだろ」

崩れそうになった体を支えるように腰を掴まれる。ぐっと持ち上げられて、繋がりがいっそう深くなった。

ゆっくりと史弥が腰を引いた。追いかけるように窄まった粘膜をこじ開けて、また奥を開かれる。その繰り返しに息が上がる。

「もう平気かな？」

確認するように腰を揺らされる。のけぞった薫の反応を了承と見たのか、史弥の動きが大胆になっていく。

「はは、すごい音」

「や、……言う、な……」

薫の内側をかき回す水音と、肌と肌のぶつかる音が混ざる。あまりのいやらしさに耳を塞ぎたくともできなくて、ひたすら揺さぶられた。

「ひ、ぅ……だめっ……」

ずるりと抜けそうなほど引き抜かれる感覚は強烈だった。ただ高い声を上げて背をしならせて、引きとめるように窄まりが収縮する。狭くなったところを再び犯される。ゆっくり弱いところを擦られ、疼く奥を突かれたかと思ったらまた抜かれて、薫は無意識に腰を突き上げていた。

昂ぶりの先端から透明な体液が溢れる。そこに触れてほしいのに史弥の指は下生えに絡んでは引っ張るくらいしかしてくれなくて、もどかしい。

「ほら、おいで」

誘われるままに腰を後ろの史弥に差し出した。繋がった部分に視線を感じる。羞恥よりも今は、もどかしさをどうにかしてほしくてたまらなかった。はぁはぁと浅い呼吸をしながら、もっと刺激が欲しいと体をくねらせる。

たった一度のセックスで、この体はこんなにもいやらしく変わってしまった。こんな快感を知ってしまって、性器で射精するだけの快感に戻れるのだろうか。

「もっと奥に入ってもいい？」

低く掠れた声で問われる。薫の前ではいつも淡々としていた史弥が、この体に欲情しているのだと伝わってきて、また体温が上がる。

「んっ、ま、って……ひぃ」

両手を持たれて後ろに引かれる。ぐぷっとひどい音がして、また奥まで史弥を受け入れてしまう。

「奥、やめっ……」

手足の指が震える。史弥が突いた深いところは、行き止まりのようになっていると思っていた。でも違う。突かれたそこが少しずつ開いていくような感覚がある。

「兄さんのここ、狭くて浅いから、すぐ奥に当たっちゃうんだよ」

ほら、と突き当たった部分を張り出した先端でこねられる。奥深くを貫かれる刺激を知ってしまったそこは自制ができず、史弥を求めてひくついていた。そこに先端を押しつけられると、喜んで吸いつく。

「……ひ、っ……ああっ……」

気持ちがよすぎて怖い。快感が恐怖になるなんて思わなかった。無意識に逃げようとして床に伸ばした手が宙をかく。

「ここ、入るかな」

「ん、ああっ」

ぐぷっと音がした。奥の扉が開きそうなその感覚に肌が粟立つ。衝撃に目も口も開いて、それでも受け止めきれなくて、背をしならせた。

「だ、めっ……」

まずい。全身が一皮むけたかのように敏感になって、史弥の吐息が首筋にかかっただけで達してしまいそうになった。腰を抱え直す指先からも痺れが広がる。

「ああ、奥に入っちゃいそう。ごめんね、苦しいよね」

背中にぴたりと体を重ねた史弥が耳元で囁く。尻に彼の肌が当たって、それだけ深く繋がっているのだと教えた。

「……だ、……め……」

目を開けているのに何も見えない。圧迫感で息が苦しい。でもそこに混じっている快感の芽が、薫の意識を繋ぎとめた。

「だめ？　こんなに感じてるのに、どうして？」

史弥の手が前に回る。昂った性器を摑み、先端の窪みを親指で擦られた。

「んっ、……それ、いっちゃう……」

同時に与えられる刺激に何も考えられなくなる。すぐにでも達してしまいそうで、手足の指を丸めて頂点をやり過ごした。

「やだ、いく、……やめっ……」

「やめていいの？」

耳元で囁かれた瞬間、足から力が抜けた。その場に崩れそうになった体を史弥が抱きとめてくれる。

「ここまで俺が入ってるんだよ、分かる？」

うっとりとした声と共に下腹部を撫でまわされた。ずくん、とそこが疼く。そんな深いところまで史弥に許している事実に炙られるようだ。

「もっと慣れたら、この奥まで入れてね」

ここ、と場所を教えるように奥を突かれて、息が止まった。そんな奥に何があると言うのか、考えたくなくて頭を打ち振る。

「……奥、だめ……あっ、ん……っ……」

奥を穿ったまま緩く腰を回される。それに合わせて薫も体を揺らした。

「かわいい。兄さんがかわいすぎて困る」

首筋に口づけられる。痕が残るかもしれないと怯えつつ、その強さが求められているようで嬉しい。

そう、嬉しいのだ。こんな風に自分の奥深くまで明け渡して、苦しいのに、そこには確かな喜びがある。だからいやだ。怖い。わずかに残っていた理性が快感を拒もうとするのに、それを咎めるように史弥の指が右の乳首に爪を立てた。

「ふぁ、……っ……そこ、爪……」

「痛い？」

一気に硬くなったそこを今度は押しつぶされる。逃げようと体を引くと奥を突かれて、たまらず高い声が出た。

「や、……も、う……」

悪戯に乳首を弄った指が離れ、上半身を持ち上げられた。すっかり息が上がってせわしない呼吸をしながらも、史弥にされるがまま、数歩先の鏡に手をつく形にされる。

「兄さんの大好きな鏡だよ」

鏡の中の自分と目が合った。曇らない加工なんてするんじゃなかった。こんな時でも自分がよく見えてしまう。

「よく見て、兄さんは鏡を見るのが好きでしょ」

耳元で囁かれて首を振る。

「違う、……仕事だから、見るだけで……」

今だって特に鏡が好きなわけではない。ただ見られる仕事で、それが自分の長所とされている以上、気を遣っているだけだ。

「ふーん、そうなんだ」

「……っ」

顎に手がかかる。

「俺は兄さんの顔も好きだよ。舞台に立っている兄さんもすごく格好良かった。でも、やっぱりセックスしている時の顔が好きだな」

顎から喉を指がくすぐる。その手が胸元まで下りて、右の乳首をきつく摘まむのから目が離せなかった。

「ファンの人たちはこんな顔を知らないだろ。……俺だけのものだ」

「いっ」

耳に歯を立てられる。快楽に浸って緩んでいた体が痛みで竦んだ。

「兄さん、もっと腰を出して」

背中にぴたりとくっついていた史弥の体が離れていく。それに猛烈な寂しさを覚えて振り返った。

「ねぇ、ここ気持ちいい？」

中を確かめるようにゆっくりと腰を使われる。奥も、弱いところも、抜け落ちそうで引きとめる縁も念入りにこねられた。激しく突き上げられた時とは違う、絡めとるような快感に溺れる。

「ん、……いい、……気持ちいいっ……」

口にした瞬間、自分の中で何かが壊れるのを感じた。

戻れないだけじゃない。身も心も少しずつ、作り替えられている。それが恐ろしくて、でもぞくぞくするような快感もあって、もう自分がよく分からない。

ただひとつ確実なのは、この体が指先まで甘く痺れるほど感じ切っていること。史弥と繋がっているところだけじゃない、触れあっているだけの部分も、吐息がかかる肌も、ぜ

んぶ気持ちがいい。

「あっ……」

視界が潤む。いつの間にか涙が溢れていた。きつく目を閉じて涙を逃がす。そうして目を開けた先にいたのは、蕩けるような顔をした薫自身だ。

「……っ……」

ひどい顔だった。目じりを涙で濡らし、だらしなく口元を緩ませながら後ろから男を受け入れている。視界を一度クリアにしたせいで、鏡の中の自分の姿が鮮明になってしまった。

「繋がってるとこ、見える？」

史弥は薫の左ひざを裏から持ち上げた。そうされると、鏡には繋がった部分が映ってしまう。ありえないほど淫(みだ)らな格好を見たくないのに、目が逸らせなかった。

「兄さんはこっちも毛が薄いから、ぜんぶ見えそうだよ。ほら、ここの縁が膨らんでるの」

「んぅ」

史弥の指が、彼を受け入れている窄まりの縁を撫でる。少しめくれたそこを撫でられるだけで体が跳ねた。

「ここ、好き？」

指がそこを内側の色が見えるくらいに広げる。いやらしい光景が脳を焼く。瞬(まばた)きもせずにそこを見つめた。

「好きだよね、兄さん」

答えがないのに焦(じ)れたのか、史弥が重ねて聞いてくる。

「ん、好きっ……」

よく分からずに頷いた。もう何も考えられない。揺さぶられる度に快感が積もる。もう限界だ、早く熱を出したいと腰が揺れだした。

「俺のことも好きだよね？」

聞かれた瞬間、迷いもなく頷いていた。

「す、き……好き……」

堕(お)ちる。自分がもう、戻れない場所へと真っ逆さまに堕ちていくのだと分かっても、どうしようもなかった。

偽装とはいえ家庭を持つ弟とこんな行為に耽(ふけ)って、自分のモラルのなさに呆(あき)れる。でももう引き返せない。理性なんて快感の前では無力だ。

「俺も好きだよ、兄さん」

蕩けるような甘い声に顔を上げる。鏡越しに史弥と目が合った。

「……も、う……」

それだけで何を求めているのか、史弥は分かってくれたようだ。左足が下ろされ、腰を摑み直される。

「いいよ、いって」

そのまま同じ頂点を目指して、体を揺らす。気持ちがいいけど、もっと深く繫がりたい。必死で首を後ろに向けると、史弥が口角を引き上げて笑った。

「……かわいい」

舌先を吸われた瞬間、体の線が緩むような感覚があった。そこからどっと熱が溢れて、一気に下肢へと向かう。

「あ、……い、くっ……！」

目の前が白く染まる。限界の近かった薫はあっけなく達していた。触れられていない昂ぶりから、勢いよく熱を吐きだす。一気に吐きだしきれなくて、何度も腰を突き上げた。

「く、締まるっ……」

史弥が喉奥を鳴らす。唇が離れ、達している薫の体を彼は強くかき抱いた。

「ん、……いくよ、……兄さんっ」

鏡に放った白濁をぼんやりと眺めながら、史弥の動きに合わせて腰が揺れる。小刻みで深いところを早く突く動きは、きっと史弥の限界が近いサインだ。

「うっ……」

びくっと史弥が震えるのが分かった。次の瞬間、体の奥に熱いものが広がる。

「あ、でて、る……」

注ぎ込まれるものの勢いと熱さに、薫はうっとりと頬を緩める。誰かに支配されるようなこの行為に、こんな恍惚(こうこつ)があるなんて知らなかった。


「……先に出てくれ」

軽く汗を流した史弥をバスルームから追い出し、薫は頭からシャワーを浴びた。

マンションに戻ってくるまでの、ひりひりするような焦燥感はもうない。その代わり、達した後のだるさが全身を包んでいる。

史弥と二度目のセックスをした。最初からずっと気持ちがよくて、乱れて醜態を晒した。その結果、体の奥にどろりとした史弥の体液が残っている。

「はぁ……」

ため息をついてからシャワーを手にとった。目を閉じて唇を引き結び、事務的に処理をする。膝にうまく力が入らないので壁にもたれながら、すべてを洗い流した。

それから全身を洗い、髪を乾かした。化粧水とボディクリームをつけてバスルームを出る。ソファに服を着た史弥が座っていた。

「それは俺の」

彼の手には見覚えのあるスマートフォンがある。

「うん、チェックしてるだけ」

当然のことのように言い、史弥はこちらにディスプレイを見せる。

「自撮りも加工もうまくなったね」

「勝手に触るな」

パスワードを設定していたのにどうして触っているのか。問い詰める気力もなくため息をつく。

「スケジュールと写真だけだよ」

「そういう問題じゃない」

再びため息をついて史弥の横に座る。彼は薫の腰に手を回すと、レンズをこちらに向けてきた。

「ここで記念に撮ろうか」

「やめろ」

史弥の手からスマートフォンを取り上げる。

「ん、これなんのにおい?」

首筋に懐くように顔を埋められる。

「におい？　ああ、化粧水じゃないか」

「そうか、そういうのつけてるんだ。だからこんなに肌がきれいなんだね」

頬に伸びてくる手から反射的に逃げてしまった。史弥が眉を寄せる。あんなことをした直後にこんなそっけない態度をとる薫が信じられないといった顔だ。それをごまかすように、こちらから史弥の顔に触れた。

「お前だってちゃんとしたほうがいいぞ。今はテレビのニュースも高画質なんだから、肌が荒れてるとすぐ分かる」

「うーん、ちゃんとしたほうがいいとは思っているけど、面倒で」

薫だって昔はそうだったから、史弥の気持ちは理解できる。でも人前に出る仕事だから清潔感は大事だろう。

「そう言わないで、化粧水だけでもつけてみろ」

立ち上がり、化粧水のボトルを取ってきた。ほら、とボトルを渡す。受け取ったものの史弥は戸惑いを隠せずにこちらを見た。

「じゃあして」

手元にボトルが戻ってきた。顔を少しこちらに向けてくる。こんな風に甘えられることにどうも弱い。

「分かった。目をつぶって」

手に化粧水をとって、こちらを向いて素直に目を閉じた史弥の顔につけてやる。軽く肌に馴染ませるように手を動かすと、顔をしかめて少しいやな顔をした。

まるで洗われている犬みたいだと思ったら、途端にかわいく見えてくる。

「いいぞ」

「……なんかべたべたする」

目を開けた史弥は憮然とした表情だ。

「慣れろ。それがいやなら、フェイスパックでもしようか？」

ファンからプレゼントでもらった物がたくさんある。地方公演の時にはそれを持っていくようにしているが、それでももらうペースが上回るので使いきれないのだ。

「これでいいよ。はぁ、兄さんも大変だね、こういうの」

「まあな」

ボトルを脇のテーブルに置く。ねぇ、と史弥が腰に手を回してきた。

「今日、どんな相手に何されたの」

史弥の手に力がこもる。ごまかす必要もないので正直に答えた。

「打ち上げの後、共演者に誘われて二次会に行ったんだ。そしたら変な雰囲気で、……最初に出されたシャンパンになにか入っていた気がするけど、一口飲んで止めた」

たぶんあまりよろしくないものだったと思う。あの場からうまく抜けられたのは史弥からちょうどいいタイミングで連絡がきたおかげだ。

「助かったよ、ありがとうな」

「それは別にいいよ。どうせあの鯛を渡すつもりだったから。とにかく、今後は気をつけて」

据わった目をして言われ、薫は背筋を伸ばして頷いた。

「分かった。これからはちょっと付き合い方を考える」

「うん、そうして」

よくない誘いはこれまでだってあった。それを避けてここまで来たけれど、それはつまり幸運だったということだろう。気を引き締めなければと改めて誓う。

まだこの業界で駆け出しの薫は、何かひとつ間違えればすべてを失うのだ。そしてもしそんなことがきっかけで素性が調べられて、史弥にまで迷惑が掛かるようになるのは絶対にいやだ。

「あとそうだ、今日の本題はもうひとつ。これ、あげる」

史弥は一枚のカードを取り出して、薫の手に載せた。

「なんだ、これ」

「俺の仕事場のカードキー」

受け取ったそれをまじまじと眺める。仕事場があるなんて初耳だ。

「一緒に住むことも可能だけど、どう？」

「仕事場に住めって？」

唐突な提案に首を傾げる。

「まあ仕事場って言っても普通のマンションだよ。一人になりたい時に使ってる」

苦笑しつつ史弥は室内を見回した。

「ここよりはセキュリティもいいし劇場も近いと思うよ。……兄さんがあっちのマンションに住むならいいけど、ここはちょっと不便だ」

史弥があっちというのは薫の母が残してくれたマンションのことだ。

「あそこは俺の大事な家賃収入だ」

「じゃあ俺の仕事場はどう？　一度来てよ。あっちのマンションからもそんなに遠くないから」

「……まあ、いつかは」

言葉を濁した答えと共に返したカードキーが気に入らないのか、史弥が顔をしかめる。

「いつかじゃなくて、今真剣に考えて。仕事場に住むのと俺がここのマンションによく来るって知られるのと、どっちがいい？」

「それは」

すぐに答えられない問題だった。確かにこれから史弥がここによく顔を出すようになれば、住民と会う可能性は高い。その時に彼はどんな理由をつけるのか。

胸のあたりが何かを詰め込まれたかのように重くなる。お互いに好きだと言って、セックスをして。そこで終わりというわけにはいかないのだ。

「……いつか、ばれたらどうする」

ソファの上で膝を抱える。快感に流されていた頭が冷静になったら、これからに不安しかない。

「俺は別に、兄弟だってことはばれてもいいと思ってるから」

さらりとした返答に背中を丸めた。

史弥と兄弟であった事実を、薫は知られたくないと思っている。努力してやってきたこの十年近くを、コネの結果だと思われたくないプライドの問題だ。

でも史弥は違う。このずれた部分をどうにか修正できないだろうか。無言で考えはじめた薫の手に、再びカードキーが渡された。

「とにかくこのカードキーは持ってて」

そこで史弥は薫の肩を抱いた。その手が少し、震えている。

「もうすぐ入籍する。その後に結婚発表をする予定だから」

「そう、か」

おめでとう。その言葉を自分が口にしていいのか迷って、結局は言えずに飲みこんだ。

これから澪子にはどんな顔をして会えばいいのだろう。意味もなく口元を手で覆った。

偽装結婚と史弥は言った。でもその言葉を、本当に信じていいのだろうか。

「選挙前に発表しておきたいからね。ああでも、信じて、兄さん」

耳に唇が触れる。そして甘い声が、耳から薫の内側へと流れてくる。

「何があっても、俺は兄さんが好きだよ」

欲しい時に欲しい言葉をくれる。ずるい男だと思う。それでも嬉しいと喜んでしまう、その理由を考えたくない。

「兄さん？」

史弥の顔が近づいてくる。そこで視線を外すように瞼(まぶた)を下ろしてしまったから、自分はもう、史弥の共犯者だ。


「はいじゃあ今日はここで終わりです。おつかれさまでした」

「おつかれさまでした」

今日の稽古が終わり、薫はタオルで汗を拭った。今詰め込んだことが頭の中でぐちゃぐちゃになっていて、一度整理しなければ。

アイドル役ということもあり、とにかく歌って踊る場面が多い。元々そこまで歌もダンスも得意ではなく、努力でなんとかしているのだ。

この稽古場はあと一時間半使えるということで、居残りで自主練しようと決める。水分をとっていると、郁真が近寄ってきた。

「薫さん、もう帰ります？」

「いや、まだちょっとやってく。何かあったか？」

「オープニング曲、合わせてもらえませんか。ちょっと悩んでて」

薫もまだ自分のものにできていない曲だった。早速やってみようと、郁真と並んでスタジオの鏡の前に立つ。後ろでは別の共演者たちが写真を撮ったり帰り支度をしたりと自由に過ごしている。もちろん、一人で練習している者もいる。

カウントを合わせて、小声で歌いながらダンスの確認をする。オープニング曲は薫と郁真がシンメとなるので、振り付けは左右対称のものが多い。

まずは一曲、通してやってみる。一切のアレンジを加えず、振付師の指示した基本の振りだ。

「うーん、入りのとこ、俺がもうちょっと早めに動いたほうがいいですよね」

「そうだなー、振りとしては間違ってないいんだけど」

どうにも動きが揃っていない。タイミングは合っているのだが、郁真の手足が長すぎるせいでずれて見えてしまうのだ。シンメで動くには少し身長差がありすぎる。

「俺も少し手を高く上げるわ。あと移動する時の角度を変えられるか」

「やってみます」

お互いに改善点を探りながら、もう一回合わせてみる。なんとかできた気がした。

「はぁ、じゃあこれ、明日詳しく相談で」

「はい」

郁真と二人で汗を拭って水分をとる。ふと何かに気づいたように郁真が薫をまじまじと見た。

「？　なんだ？」

「いえ、……薫さん、なんか雰囲気が変わったなと思って」

何が変わったのだろう。水を飲む手を止める。

「うーん、俺あんまりうまく言えないかもなんですけど、色っぽいというか、陰があるというか」

役者として、色っぽいは褒め言葉だ。だけど素直に受け取れないのは、その理由を考えてしまうから。

「髪が伸びたせいじゃないか」

そろそろ美容室に行かなきゃと笑い飛ばす。郁真もそれ以上は追及してこなかった。

シャワーブースで汗を流し、ついでに郁真と夕食を食べた。同じ電車に乗り、薫が先に降りて駅を出た時、史弥からのメッセージが入った。

『今から会える？』

その一文を無視して、家に帰ることもできる。でも薫はそうしなかった。何かに操られるように大丈夫だと返事をして、また改札に戻る。

都心に向かう電車に乗りながら、はたして自分は何をしているのだろうと思った。

『ここにきて』

教えられた住所にはマンションがあった。エントランスで教えられた部屋番号を押すと、史弥の声が返ってくる。

「右の角を曲がったところにあるエレベーターに乗って」

言われるままエレベーターに乗る。

なんでここに来たのだろう。稽古終わりの荷物を抱えて、洗濯もしなきゃいけないのに、と考えているのに、足が勝手に部屋を目指す。

会いたい。なによりもまずあるその気持ちが、薫の背中を押していた。

「おかえり」

部屋のドアを開けるなり史弥はそう言った。

「ここがお前の仕事部屋か？」

マンションのモデルルームのようだった。洒落(しゃれ)た家具がそれぞれあるべき場所にあるのに、使っていない空気がする。

「そうだよ。平日はここで過ごす時間も増えてきた」

座って、とソファを示された。稽古着の入ったバッグを床に置いて、ソファに座る。

「来てくれて嬉しいよ。改めてこれ、渡しとく」

この部屋のカードキーだった。先日渡されたけれど、史弥が帰る時に彼の荷物に戻しておいたものだ。

「いつでも好きな時に来ていいから」

「……分かった」

きっと薫が受け取るまでずっと渡してくるつもりだろう。黙ってもらうことにした。

「色々とあるはずだから使って。ここで生活してもいいよ」

何もかも揃っているように見える、リビングからキッチンを見回す。寝室はきっとこの奥だろう。

「ここに住んだらもう出してもらえなくなるんじゃないか」

史弥ならここにずっといろと言い出しそうだと思ったら、つい口に出していた。

「まさか。兄さんをとじこめようなんて思ってない。兄さんが自分の意志で俺といることを選んでくれないと意味がないから」

真顔で言い切った史弥の腕が伸びてくる。その中に納まって、薫は目を閉じた。

体は疲れている。時間も遅いし、明日も稽古だ。それでも伸ばされた腕を払えない、理由なんてひとつしかない。

「好き」

キスの前に囁かれた言葉は、簡単に薫の理性を砕いた。

「――今日は帰らないと」

史弥が立ち上がるのをベッドから見送る。リビングでのキスをきっかけに昂って、もつれあうようにベッドにたどり着いてセックスをした。

そしてことを終え、史弥は帰ろうとしている。いかにも体だけの関係というシチュエーションに笑えてきた。

身支度を整える史弥を眺める。ふと彼が手にとったレザーのキーケースに目が留まった。彼が持つにしては随分とカジュアルなそれに、見覚えがある。薫が高校の時、旅先で買ってきた土産物だ。

「それ、まだ持ってたのか」

薫の視線に気づいた史弥がキーケースを持ち上げる。

「もちろん。兄さんが初めてくれたものだからね、大切に使ってるよ」

「もう古いだろう」

「それでも、兄さんがくれたものだから」

キーケースを見つめる眼差しが優しい。史弥は指でそれをなぞってから、薫に視線を向けた。

「これをもらった時、思ったんだ。なんで俺たち、兄弟になったんだろうって」

「どういう意味だ」

史弥が何を言いたいのか、その眼差しが何を意味するのか、薫にはさっぱり分からなかった。

「好きだからこそ、兄弟になんてなりたくなかった」

少しの間の後に史弥の発した一言は、薫が島津家で過ごした数年間を否定するものだった。頭から冷や水を浴びせられた衝撃に、薫はその場に固まった。

すぐそばにいるのに、史弥が何を考えているのか分からない。同じく自分も、よく分かっていないのだ。

じゃあ、と史弥が寝室を出ようとする。何も着ていないが見送るべきだろうかと上半身を起こした時、史弥はドアにもたれて言った。

「明日、入籍する。午後には結婚を発表することになると思う」

「……そうか」

その時が来たのだ。

やっぱりおめでとうは言えない。言ってはいけない気がする。黙り込む薫の前に史弥が戻ってきて、ぶつけるようなキスをした。


翌日、薫は早く起きて一度自宅に戻ってから稽古に参加した。

テレビは見なかった。普段から毎朝のニュースと天気予報くらいしか見ていなかったけれど、それも避けた。

何時の発表かは知らないが、きっとすぐに騒ぎになるだろう。覚悟して、平静を保つ。

稽古の休憩時間に、そのニュースは飛び込んできた。

「沢渡澪子が結婚発表、相手は島津史弥だって」

スマートフォンを見た共演者の一人が声を上げ、そこにみんなが群がる。

「政治家の？　あの二人が付き合ってたのか。マジか」

「うぉ、俺の澪子が」

「いつお前の澪子になったんだよ」

耳に入ってくる会話を聞き流す。稽古に集中している顔をして、休憩時間も鏡の前で復習をした。

今はとにかく稽古だ。そう考えているのに、スマートフォンにメッセージが入る度に確認してしまう。

「……あ」

史弥からのメッセージが入っていた。

世間に結婚を公表した日になんの用だろう。そう考えてしまう自分に苦笑する。

不倫なんて自分には無関係の言葉だと思っていたのに、こんなにもどっぷりと溺れてしまっている。

史弥に会いたい。会いたくない。相反する感情が同じだけの分量で自分の中に存在するのが不思議でたまらなかった。

『結婚発表が無事に終わった。落ち着いたら会えるかな』

『いいよ』

それだけ返す。こんなことはもうやめようと言えたら楽になるのかなと夢見ながら。

『今日はマスコミ対応があるから、明後日はどう？』

明後日、という単語を見てすぐにスケジュールを確認していた。その日は連続して取材が入っている。

『九時には帰宅予定。うちに来て』

メッセージを送信して、深く息を吐いた。結婚発表の直後の史弥を自宅に呼ぶのは間違っただろうか。悩みつつももう時間だ。稽古に戻らなくては。

　二日後の夜九時すぎ、史弥は薫の部屋にやってきた。

「ただいま」

　抱きしめてくる史弥の背に、迷いながらもそっと腕を回す。そうすると史弥は嬉しそうに笑って、薫に口づけてくるのだ。

　史弥に呼ばれたあの夜から、もう二ヵ月。自分が坂道を猛スピードで転がり落ちていると分かっていても、止められそうになかった。

「先にシャワー、浴びてこい」

「ん、そうする」

　バスルームに史弥を行かせて、その間にテレビを点けた。史弥と澪子の結婚のニュースを取り上げて、好き勝手なことを言っている。

　ぼんやりとそれを眺める。そこに取り上げられているのは政治家の島津史弥であって、薫のよく知る史弥とは別人のように感じた。

　バスルームから水音が聞こえてくる。彼が上がったら言ってやろう。将来の首相候補がこんなところにいていいのか、と。

最終稽古を終えると一区切りだ。準備を整えた薫は、初日の公演が行われる大阪に向かった。

「解散、か」

新幹線での移動中、衆議院解散のニュースが入ってきた。

いよいよか。これから史弥は忙しくなる。薫も大阪の後は福岡と愛知公演があるから、東京に戻るのは一ヵ月先だ。しばらく物理的に会えないという現実は、頭を冷やすのにはちょうどいい時間ではないか。

少し冷静になろう。熱に浮かされて史弥を求めてきたけれど、どう考えたってまともな状況ではない。ここで一度リセットしようと心に決めた。

会場入りして場当たりの後、ホテルに荷物を置く。史弥からのメッセージは頑張るよ、の一言だけだった。だから薫も頑張れ、とだけ返した。

大阪公演が始まった。

第一声はどうしたって緊張する。舞台袖で胸に手を置き、自分とキャラクターがぴたりと重なっているのを確認したら、右足から舞台へ。

「俺たちの番だ」

光り輝くステージに飛び出していく。下手から薫が、上手から郁真が出てきた。何度も稽古したオープニング曲だ。

アイドルになって、きらきらと輝くのを意識して、歌って踊る。ステージを駆け降りると一人の観客の前で足を止め、手を差し伸べた。

「……おいで」

目を見てそう言った瞬間、彼女が固まる。そこから一列を流し見て、全員に目が合ったと思ってもらえたら、このターンは終了だ。

舞台へと戻る背中にも視線を感じる。

帰ってきた。まばゆいライトを浴びる快感で胸がいっぱいになる。クールなキャラクターだから表情には出さないけれど、仕草できっと喜びは伝わるだろう。根は熱い男なのだから。

二回のカーテンコールで初日公演が終わる。充実感で胸がいっぱいだ。汗を流してメイクを落としても、まだ興奮が収まらない。

「舟沢、俺ら飯行くけどどうする？」

声をかけてきたのは薫たちが演じる三兄弟の長男役、蓑原(みのはら)だった。

「今日はすみません、事務所と打ち合わせがあるので帰ります」

初日を無事に終えると事務所に連絡を入れる約束をしているので嘘ではない。蓑原はさほど興味もなさそうに頷いた。

「ん、じゃあまたな。小宮は？」

「俺もすみません、今日はホテルで」

薫の隣で着替えていた郁真が両手を合わせて丁寧に断った。

「了解、じゃあ明日な」

行くぞー、という声と共に、蓑原が共演者の大半を連れて楽屋を出ていく。面倒見がいい彼を慕う若手は多いのだ。

「薫さん、晩飯はコンビニです？」

「そうだなー、そうするか。今はあんまり食欲ないんだけど」

胸がいっぱいで何か食べようとも思えない。体も疲れているはずなのにまったくそんな感じがしなかった。まだ興奮状態が抜けないのだ。

「じゃあ近くにローストビーフ丼がテイクアウトできるとこあるんですけど、一緒にどうですか。冷めてもうまいですよ」

「お、いいね。じゃあ行こう」

郁真と揃って通用口から会場を出る。

「おつかれさまですー」

明らかに出待ちらしき子が数人寄ってきて声をかけてきても反応してはならない。人を無視するというのはかなりしんどい状況だが、ここで何か対応してしまうとすぐにSNSで良くも悪くも拡散されてしまうから我慢するしかない。

「こっちです」

まるで彼女たちがいないように振る舞いながら、郁真と共に早足で店に向かう。途中の入り組んだ路地でなんの打ち合わせもなくダッシュして、そのまま雑居ビルに入った。誰もついてきていないのを確認し、郁真に続いて階段を上がる。

「こんばんはー」

なじみの店なのか、郁真が顔を出すとすぐに薫と同年代の男性が袋を持って出てきた。

「おう、おつかれ。二個でいいんだよな」

「はい」

そうだ、会計をしなければ。財布を取り出そうとすると、郁真がそれを制した。

「この前の鯛のお礼です」

そう言われると素直に受け取ったほうがいい気がする。薫は分かったと頷いた。

「じゃ、また来ます」

「おう、よろしくなー！」

ローストビーフ丼を渡された郁真が、じゃあ帰りましょうと言った。目まぐるしいなと思いつつ店を出て、ホテルへ向かう。

並んで歩きながら、郁真がちらりとこちらを見た。

「俺、今回の地方公演はテイクアウトで済ませるつもりなんですけど、薫さんも一緒にどうですか」

「いいな、それ。俺もそうしたい。飲みに行くのはちょっと」

「それなんですよね……」

郁真がため息をつく。彼は前を見たまま、言いづらそうに切り出した。

「薫さんにだから言いますけど、……あの軍団にはあんまり関わらないほうがいいですよ」

「軍団って、蓑原さんのとこか？」

「そうです」

舞台の共演者やスタッフは、年齢だけでなくこれまでの環境もばらばらだ。お互いの相性もある。そこでなんとなく気が合うメンバーが固定され、集団ができあがるのだ。

蓑原はダンスがうまいし華があって人気の俳優だが、あまり素行がよろしくない。何度か炎上をしているのは、その界隈に疎い薫だって知っている。

「お前もそう思うか？　実はこの前も、打ち上げの後に連れていかれた店がちょっとやばそうで、急いで帰ったんだ。ほら、あの鯛を渡した夜」

あの時。薫を二次会に誘った座長も蓑原と同じ事務所で仲が良い。よく行動を共にしているのを聞いている。

「そうだったんですか。帰れてよかったですね」

「タイミングよく鯛が届いたって連絡が来たから、抜けられたんだ。……俺、ああいう場は苦手だよ」

思い出したくもない光景がちらりと脳裏に浮かぶ。あの時、口にしたものはなんだったのだろう。もしあれを飲まなければ、と想像してしまう。史弥に好きと言わなかった未来があったかもしれない。

「俺も苦手っす」

ホテルに着いた。薫と郁真は同じフロアの部屋だったのでそのままエレベーターに乗りこむ。そこで郁真がよかった、とつぶやいた。

「なにが？」

「薫さんのこと、ちょっと心配してたんです。あんまりやばいことに慣れてなさそうだから、取り込まれたらどうしようって」

真顔で言われて困惑する。自分はそんなに危機管理能力がないように見えるのだろうか。確かに大学の演劇部も今の事務所も派手なところではないが、この業界の片隅にいるので人並みの察知能力はあるつもりだった。

「……はは、心配ありがとな」

廊下で丼をもらって郁真と別れた。部屋に戻って手洗いとうがいを済ませ、冷蔵庫から水を取り出した。

「いただきます」

手を合わせてからローストビーフ丼を食べる。まだほんのり温かいご飯と柔らかな赤身の肉、そして醤油(しょうゆ)ベースのソースがとてもおいしくて、なんだかほっとした。

史弥からのメッセージが届く。お互いに忙しいから、やり取りはほぼ一方通行だ。こうして少しずつ元の関係に戻れるのではないかなんて、淡い夢を見る。

会場とホテルの往復で一日が終わる。地方公演期間中はこんなものだ。その間、世の中で何が起きているのかもよく分からないことが多い。ただ投票日が東京千秋楽と同じ日になったのだけは確認しておいた。

休演日は思いっきり寝る。客室掃除も断ってひたすら眠って体力を回復させた。午後には起きだして、公演中の原作ゲームのイベントをやっておく。

郁真からの夕食の誘いを断り、コンビニで買ってきたパンで夕食を早めに済ませた。今日は配信があるので準備が必要だ。

夜に行うファンクラブ会員向け生配信は、一時間の予定だ。開始の二時間前に予告と配信のURLを写真つきで投稿しておく。

写真は舞台の合間に郁真に撮ってもらった、原作ゲームと同じ首筋に手を当てるポーズだ。

予定時刻の前に鏡の前で身支度を整える。肌が荒れていないのを確認する。舞台中なので眉は整っているからそのままだ。

タブレットの位置を調整し、余計なものが何も映らないかチェックする。時間の十分前には準備が完了した。

数年前からこうして配信をしているが、そわそわする気持ちはいつだって新鮮だ。

これから始めますと事務所に連絡を入れ、時間ぴったりに配信を始める。

「こんばんは」

画面に向かって話しかける。その瞬間から勢いよく流れてくるコメントは、読むのは大変だけど楽しい。

配信だけじゃなく、ファンイベントや誕生日会もやっているのに、自分のファンがいるという事実がまだくすぐったい。

「うん、僕も会いたかったよ」

久しぶりだね、とまずは挨拶をしながらコメントに目を通す。公演中なのでネタバレはできないため、当たり障りのないコメントを拾うしかできない。

「……エロい？」

目に入ったコメントをつい口にしてしまった。慌てて、どこがだよーと笑い飛ばす。す

ると さっき上げた写真だというコメントが一斉に流れた。

「誰が撮ったの？ って、あれは郁真。今回すごくあいつといるから」

仲良しじゃんという文字に頰を緩めた。

「そう、仲良しだよ、いいだろー。かわいい弟だからな」

わざと緩く砕けたしゃべり方をしつつ、コメントを拾っていく。時々とてもひどく刺々しい内容もあるけれど、全体的には穏やかだ。

「何食べた？ さっきパン食べたよ」

ファンとの交流を楽しんでいるのは、自分であって、自分ではないような気がしている。それがとても楽しい。

「……じゃあまた解禁できる日が来たらお知らせするね。また来月！」

とはいえ、配信を終えたらどっと疲れた。タブレットの電源を落として、ベッドに横たわる。

もらったコメントは残るから、あとでまとめて読もう。疲れた目を休めるべく目を閉じていると、電話が鳴った。史弥からだった。

「……どうした？」

メッセージじゃなくて電話なんて珍しいと思って聞いた。史弥は間をおいて、いつもより早口で言った。

「兄さんの声が聞きたくて。いや聞いてたんだけど」

「聞いてた？」

　横になったまま首を傾げる。すると予想していなかった答えが返ってきた。

「うん。配信観てた」

「は？　なんで。え、ファンクラブ限定だぞ」

　思わずその場に飛び起きてしまった。

「知ってる。ずっと入ってるから。普段は後からアーカイヴを見てるけど、今日は兄さんを見たくて我慢できなくて。あ、さすがにコメントはしてないよ」

　そういう問題ではない。まさかファンクラブに入っているなんて知らなかった。もしや本人名義ではないだろうなと頭を抱える。

「初耳だ。言えよ」

　責めるように言っても史弥からは笑い声が返ってくるだけだった。

「お前、今すごく忙しい時期だろ。そんなことしてていいのか」

「選挙前だから死ぬほど忙しいよ。今はちょっとだけ家に帰ってきたところ。あと一時間もしないで出る」

「ああ、そう……。ちゃんと寝ろよ」

　もう何を言っていいのか分からない。少しでも時間ができたら休めばいいのに、一体なにをしているのか。

「兄さんもね。今日の配信で、エロいって言われてたよ。寝不足？」

「ちゃんと寝てる。どこがエロいんだろうな、俺にはよく分かんないよ」

視聴していた史弥をごまかすことはできないので、素直に答えるしかない。

「俺は分かったよ。あの写真はちょっとまずいと思う」

「写真？」

「そう。三時間前に上げたやつ。あれちょっと視線が色っぽかった」

「……お前までそれを言うのか」

写りがいいからと選んだ写真だ。それがどうしてここまで言われてしまうのか。あとで反省材料にしようと心に誓う。

「うん。ねぇ、兄さんって今一人だよね？」

史弥の声が少しざらりとした。

「もちろん」

配信をしていたのはホテルの部屋だ。誰かいるはずもない。

「じゃあお願い、少し色っぽい声を聞かせて」

「は？」

何を言っているんだろう。呆れた声に、しかし史弥はめげなかった。

「兄さんが感じている声が聞きたい」

「バカなことを言うな」

　誰もいないのに声をひそめてしまった。

「ちょっとでいいから。お願い。ねぇ、少しだけ、体を触ってる声を聞かせて」

「切るぞ」

「だめだよ、兄さん」

　諭すように言わないでほしい。どう考えてもおかしな要求をしているのは史弥なのに、こちらが間違っている気分にされる。

「じゃあ触らなくてもいいから答えて。普段はどうしてるの？」

「何が」

　何を聞きたいのか、察してしまったけど分からないふりで聞き返す。

「溜まったりしないの？」

　ストレートな質問がぶつけられた。

「……お前に関係ないだろ。もう切るからな」

「やだよ。もっと兄さんの声が聞きたい。そうだ、兄さんはそのまま喋っててよ。俺、ちょっと一人でするから」

「……史弥？」

何を言い出すのか。沈黙した史弥が心配で何度も声をかけてしまう。少しして、史弥の声が返ってきた。

「ん、今ちょっと思い出しながら自分の触ってる」

「……おい」

冗談だろう。

「こんなこと、冗談じゃしないよ。いいから兄さんは声を聞かせて。今度の舞台、どんな感じ?」

「……やめろ、史弥」

電話の向こうから聞こえる声が欲情している。本当に史弥は自慰をしているのだろうか。想像した瞬間、頭の芯がぼうっと溶けるのを感じた。

「いいね、もっと名前を呼んで」

「…………」

ごくりと息を飲む。体が熱い。そしてなにより、唇が寂しい。

キスがしたかった。触れあわせるだけじゃなくて、舌先を絡めて吸うようなものを。

左手で口元に触れる。呼吸が乱れている。電話の向こうから史弥の荒い息が聞こえる。

「ちょっと、悔しかったんだよね」

「なに、が」

何もしていないのにこっちの呼吸だって乱れてしまう。なんだこれ。おかしい、そう思うのに史弥の声を聞いてしまう。

「かわいい弟って言ったから」

郁真のことか。確かに言った。

「あれは、……あいつが、俺の弟役だから」

「知ってる。でも、知ってても、……やだ」

子どもじみた、嫉妬を隠さない言葉に胸が締めつけられる。

「俺の弟はお前だけだよ」

宥めるように口にすると、史弥が息を飲む音が聞こえた。

「……はぁ、早く抱きたい」

史弥の声が耳に響く。俺も、という言葉を飲みこめてよかった。

「もう寝るからな」

返事も聞かずに電話を切る。中途半端に熱を帯びた体を持て余して、背中を丸めた。

話すだけで心も体も、こんなせつない気持ちになるなんて思わなかった。これもぜんぶ史弥のせいだ。

大阪の後は福岡、愛知と地方公演が続く。公演が終わって眠る前、時間が合うと史弥と話すようになっていた。

「兄さん、今日は顔見せてよ」

いつになくしおれた声に絆されて、ビデオ通話アプリを立ち上げた。タブレットは事務所のものだからまずいので、私物のスマートフォンだ。

「どうした？」

「んー、疲れた」

史弥は仕事場のマンションにいるらしい。ネクタイを緩めてシャツのボタンを外した姿がやつれて見えた。

「週刊誌に色々と出たんだけどね」

「ああ、うん。ネットで見た」

史弥が党内の先輩と対立しているという記事を見かけた。澪子のファンだからという理由に鼻で笑ってしまった。

「あながちぜんぶ嘘じゃないんだよね。澪子のファンなのは本当らしいよ。まあそれは置いといて、人前で理不尽に怒鳴るのってなんだろう」

先週から先輩につらく当たられているのだと史弥は零す。

「俺にも失礼があったとは思うけど、すごい人がいるとこで怒鳴らなくてもいいのに」

「だよな、大勢の前だと否定するのも言い訳っぽくなるし」

「そうだよね。でもまあ記事になったから、俺は選挙で不利にはならないと思う。理不尽に怒られている姿に同情してくれる人もいるから」

それに、と史弥が笑いながら続けた。

「最近、怒鳴られるのも才能だと思うようにしてる。怒鳴ってる人を甘やかしてあげてる気持ちでいると、自分が傷つかないから」

「お前、大人だな」

そんな対処法を実践しているなんて知らなくて、目を丸くする。

「違うよ、どんな手を使っても勝ちたいと思っているだけ。選挙は大変だけど楽しいからね」

「楽しい？」

島津の家で選挙の大変さを見てきた。今も史弥は忙しそうにしている。そこにどんな楽しさがあると言うんだろう。

「うん、楽しい。勝ち負けがあって、それを喜べる。政治はそう単純にいかないから。誰かが幸せになる一方で、誰かが不幸せになってしまう。できるだけたくさんの人を幸せにしたいけど、難しいね」

そう言いながらも史弥は目を輝かせていた。

「でもまあ、やるだけだよ。俺は正解を選ぶんじゃなくて、決めたことを正解にしていくつもりでいるから」

頑張るよ、と微笑む姿が頼もしい。自分を追い越して大人になっていく姿に、自分も頑張らなければと思った。

「ところで兄さんは今どこにいるんだっけ」

「名古屋のホテルだ」

「そっか。週明けにはこっちに戻るんだよね。入れ違いになるな」

薫はスケジュールを教えてはいないが、史弥は勝手にスケジュールアプリを見ている。そこには解禁前の情報もあるから、すぐ分からないような表記に変えるようにしていた。

「そうだな、東京公演が始まる。お前は長野で選挙活動だろ」

東京公演は約三週間だ。今のところ地方公演は順調だから、このまま千秋楽まで突っ走りたい。

「そう、でもすぐ戻ってくるよ。東京公演に行きたいな、アイドルしている兄さんを見たい」

「チケットは完売してるぞ。そうだ、千秋楽はライブビューイングがある」

薫が持っている関係者用の枠に史弥を招待することはできる。だが選挙期間中に彼が観劇したら、話題になった結果、自分たちの関係を探られるかもしれない。そんなリスクはおいたくなかった。

「さすがに投票日にライブビューイングは行けない……」

頭を抱える史弥につい笑ってしまった。

「とにかく、もう少しだ。お互いに頑張ろうな」

今日は昔に戻ったような会話をしている。これはこれで楽しい。

「うん。……顔が見られてよかった。元気になったよ」

史弥が大きく伸びをした。

「あまり無理するなよ。じゃあもう遅いから、切るぞ」

「うん。おやすみ、兄さん」

「……おやすみ」

軽く手を振って通話を終える。スマートフォンを脇に置き、吐いた息はやたらと甘かった。


地方公演の後、東京公演が始まるまでもスケジュールは埋まっている。

オーディションは二つ受けた。それから次の舞台のビジュアル撮影、単発ドラマの打ち合わせと毎日が慌ただしい。史弥と顔を合わせる暇はなかった。

一度だけ、日曜日に史弥が演説している所の近くを通った。人がたくさん集まっているのを見て、それだけ彼が期待されているのだと実感して怖くなって、その場から逃げてしまった。

場当たりを翌日に控えた今日は、雑誌の撮影だった。薫が初めて表紙を飾った雑誌で、定期的に特集を組んでくれる。

「舟沢さん入りますー」

「よろしくお願いします」

メイクを終えてハウススタジオのソファに座る。

カメラに向かってポーズをとり、表情を変えていく。最初の衣装はディープグリーンのニットで、これが発売される頃にはもう秋なのだなと教えてくれる。

淡々と撮影が進む。次はふわふわしたパジャマ姿での撮影だった。淡いピンクのパジャマはあまり似合っていない気がして恥ずかしかった。

ベッドに寝転がってリラックスしたポーズをとる。最後にカメラマンが指示をくれた。

「今回はキス特集なんで、キス顔ください」

「……あっ、はい」

言われるまま、軽く目を閉じ顎を上げた。するとカメラマンが息を詰め、すさまじいシャッター音が響く。

「いいです、そのまま目を開けて。そう、そう」

鼻息の荒いカメラマンにのせられるがまま、薄く目を開けた。ＯＫの合図が出たら撮影終了だ。

「最後のよかったなー。キス顔で上目遣いしてくれる男の人、珍しいですよ」

「え」

ベッドから体を起こした薫は固まった。無意識に上目遣いをしたのはなぜか、そんなの考えなくたって理由はひとつだ。

「コンセプトを理解してもらえて嬉しいです」

上機嫌のカメラマンと共に、撮影した分のチェックをする。

「――うわ、恥ずかしい」

最後のキス顔で血の気が引いた。わざとらしく声を張って顔を両手で覆う。

演技だと思ったのか周りのスタッフは笑ってくれたけど、実際のところ、本当に恥ずかしくてたまらなかった。だってそれは、本当にキスしてほしくてたまらない顔をしていたから。

東京公演が始まると、また毎日が舞台一色になる。

関係者席に同業者が顔を出す日が増えた。毎日誰かに招かれた人が楽屋にいる。その人たちと写真を撮るのも大事な仕事のひとつだ。

平日の夜公演の終演後、楽屋に顔を出したのは皆本だった。

「おつかれさまです。先日はどうもありがとうございました。鯛、とてもおいしかったです」

「いえ、こちらこそ。もらっていただいて助かりました」

薫の隣のスペースをちらりと見た皆本は、迷うことなく椅子に座った。そこは郁真の鏡前だ。

「あ、もうすぐ郁真も戻ってくると思います」

郁真はシャワーに行くのが遅れたのでまだ時間がかかっている。

「ええ、待っているから大丈夫です」

そう言って足を軽く組む。それだけで絵になる美しい人だ。帰り支度の手を止めてつい見入ってしまった。

ふと目が合った。吸い込まれそうな瞳からそっと視線を外すと、皆本が口を開いた。

「舟沢さん、雰囲気変わりましたね。色っぽくなりました」

「え、皆本さんに言われると嬉しいな。皆本さんこそ、いつもすごいですよね」

同じことを郁真にも言われた気がする。先日の配信前の写真も、薫自身はよく分からなかったがファンにも史弥にも言われた。

「今度、色々と伝授しますよ」

「え、いいんですか。教えてもらえるなんて光栄です。もっと勉強しなくちゃ」

薫がそう返すと、皆本はゆっくり首を横に振った。

「逆です。……色気のしまい方を教えますね」

声をひそめて微笑みかけられた瞬間、皆本は輪郭ごと蕩けた。ぶわっと花開いた妖艶さに息を飲む。

「え」

「隠さないといけない時もありますから」

穏やかな笑みを向けられて俯いた。何もかも知られているような空恐ろしさに言葉を失っていると、どたばたと大きな足音が聞こえてくる。

「お待たせしました、ってあれ？　何を話してたんですか」

郁真が皆本の座る椅子に手を置いた。

「お前には内緒」

郁真を見上げた皆本が口角を引き上げる。

これか、と一目で分かった。さっきまでの滴るような色気が一気に消え失せ、さわやかな先輩の顔になっていた。

「えぇー、なんですかそれ、教えてくださいよ」

皆本に構ってほしいのかまとわりつく郁真はまるで大型犬だ。薫は二人の空気を邪魔しないように、お先にとその場を外した。

史弥はあの二人を見て、恋人同士なのかと聞いた。あの時は否定したけれど、雰囲気を見ているとありえなくはないと思えてくる。やはり自分が鈍かったのか。

会場を出て自宅へ向かう。この時間、ＳＮＳに投稿した後はいつも史弥へメッセージを送ることにしていた。

選挙期間も後半戦に入り、史弥は分刻みのスケジュールをこなしているようで、返信のタイミングはばらばらだ。別に返事がなくても構わない内容だが、今日はすぐ返信が来た。

『ちょっと話せる?』

電車内だと返信し、駅に着いたらこちらからかけることにした。

改札を出て人通りの少ない道を歩きながら、史弥に電話をかける。彼はすぐに出た。

「おつかれさま。ごめん、急ぎだから用件だけ言う」

い。


電話の声が少しこもっている。誰かの話し声もする。選挙事務所にいるのかもしれな
「ああ、なんだ?」

「父さんが会いたいって言ってる。顔を見たいって。どこかで時間とれそう?」

「……父さんが?」

史弥に地盤を引き継がせて引退した島津と、最後に顔を合わせたのは今年の正月だ。その時も少し会話をしただけで、不義理をしていた自覚はある。

会いたいと言ってくれるならすぐにでも行きたい。頭の中でスケジュールを確認する。

「分かった。明後日の休演日、午後は仕事が早く終わる予定なんだ。お見舞いに行くよ。どこの病院だ?」

正月は一時退院をしていたが、まだ療養中だったはず。同じ病院にいるのだろうか。

「今は家にいる。じゃあ明後日の夕方でいいかな?」

「そうなんだ。分かった、家に行くよ。ああ、遅くなるようなら連絡する」

よろしく、とだけ言って電話は切れた。よほど急いでいたらしい。事務連絡だけの電話を寂しいと思ってしまい、薫は苦笑した。

　休演日、予定通り仕事は早めに終わった。薫は見舞いを手に島津家を訪れた。

　ここに来るのはあの日以来だ。選挙期間中で人目が気になったが、来客のような顔で中へと入れてもらった。史弥が話を通してくれていたのだろう。島津の元へ案内してくれた見たことがない女性も薫に対してあたりが柔らかい。

「失礼します」

　寝室に足を踏み入れる。介護用と思われるベッドに、かつて父と呼んだ人が横たわっていた。

「ご無沙汰（ぶさた）しています、……父さん」

　薫が声をかけると、ああ、と嬉しそうに目じりを下げた。

　かなり痩せたというか、やつれた。史弥によく似た目鼻立ちも、今は窪んで元気がない。一年も経たずにここまで老け込むのかと驚いたけれど、それを顔には出さずに歩み寄る。

「久しぶりだな、薫」

　ゆっくりと体を起こした島津が微笑んだ。

「そこに椅子があるだろう。座って」

「はい。……これ、あとでどうぞ」

見舞いとして買ってきたのは、老舗果物専門店のゼリーだ。島津は甘いものというより果実が好きで、この店の物をよく買っていた。薫がこのゼリーを初めて食べたのはこの家に来てからで、そのおいしさに驚いたものだ。

それ以来、誰かにこのゼリーをいただくと、島津と薫の二人で食べるのが常だった。母は果実が苦手で、史弥はなぜかゼリーが苦手だ。

「ありがとう。久しぶりだな」

目を細めた島津が手をついて座り直した。

「仕事はどうだ」

島津は薫を、史弥の側近にしたかったのだと思う。大学に通わせてもらいながらその願いをかなえられなかった引け目は、いつだって薫の中にある。

「ありがたいことに先まで舞台の予定が入っています」

「そうか、よかったな」

うんうんと頷きながらも、島津はどこかうわの空だ。

何か言いたいことがあるのだろう。そのせいなのかあまり会話が弾まない。これは空気を読んでこちらから切り出すべきかと思った時、島津がおもむろに言った。

「君には話しておかなければいけないことがある」

「なんでしょう」

「回りくどいことを言っても仕方がないから、簡潔に話そう」

　口元を引き結んだ島津から覚悟が窺えて、薫は姿勢を正した。

「まず、君の父親は私ではない」

「……はい」

　よかった。まずそう思った。つまり自分は、史弥とは血が繋がっていないのだ。それだけで単純なくらい罪悪感が薄れてしまう。でもそれを顔に出していいのか瞬時に判断できなくて、曖昧に笑った。

「色々と噂があったのは知っている。お前も気に病んでいただろう。ちゃんと言えなくて悪かった」

　頭を下げられ、薫は慌てて島津の手をとった。すっかり細くなったその手を握る。島津がじっと薫を見る。その手は細く皺が寄っていて、記憶の中のものとかなり違う。

「それでも、……父さんと呼ばせてくれて、ありがとうございます」

　母の連れ子の自分を島津はとてもかわいがってくれた。その事実は変わらない。

「いや、私も君を実の子だと思っていたよ。三花が私に残してくれた、かわいい息子だと」

　三花、と薫の母の名を呼ぶ声がどこまでも優しくて、目の奥が熱くなる。島津は確かに母を愛していた。

「薫は、実の父親を知りたいか？」

「……知っているんですか」

思わず身を乗り出した。島津があぁ、と絞り出すような声を上げる。

「桐成(とうせい)だよ」

「え」

耳を疑う名前だった。

桐成。島津がそう呼ぶ人を、薫は一人しか知らない。薫が生まれ育った土地の名士であり、幼馴染である柏木桐成は実父の友人の父だ。

母からは柏木慎之介の父だと聞いていた。でもまさか、そんな……。

「どこまで話せばいいのか迷うが、……もう私しか生きていないから、話しておくよ」

柏木桐成は、薫が大学四年の時に亡くなっている。柏木に頼まれて葬儀の手伝いをしに行ったから間違いない。

「そもそも君の母、三花と私は結婚の約束をしていた。だが結婚の直前、三花の実家が大変なことになってね」

曖昧に語尾を濁されたが、薫は母から聞いている。母の実家は旅館を経営していたが、その土地をめぐって揉(も)めて、結果的に廃業したのだ。実家の人たちもばらばらになったと聞いている。薫は母方の親族にも会ったことがない。

「三花は気丈な人だったから、私と別れるとそのままロンドンに留学した。数年後にロンドンにやって来たのが、桐成だった。彼は三花にプロポーズをした。自分がもうとっくに結婚して子どもがいることを言わずにね」

そこで島津はため息をひとつついてから続けた。

「三花が桐成に妻子があると知ったのは、君を妊娠して帰国した時だった」

「……そんな」

想像もしていなかったひどい話に言葉が出ない。母は薫に、留学生活の楽しさしか話してくれなかった。

「桐成もずっと、三花を好きだったんだろうな……。だからといって、あいつがやったことは許されることではないが」

再びついたため息が重かった。

少しだけ思い当たる節がある。柏木家に遊びに行った時、柏木の母がやけに冷酷な態度だったのだ。葬儀の手伝いの時に挨拶をしたのも無視された記憶がある。

ただの手伝いとして参列したあの葬儀が、実父との別れだったなんて。そこまで考えて、あっと声を上げた。

「じゃあ、慎之介さんは……」

「君の異母兄だった」

過去形に胸を鷲掴みにされる。どこかで彼が生きていると思っていたけれど、これが現実なのか。まだ死すら受け入れていないのに、実は兄だったなんて信じたくない。

「三花が亡くなる前、薫が二十歳になるまではこれを秘密にすると約束した。でもいざ君が二十歳になったら、私は怖気づいてしまった。もしこの事実を知れば、君が島津家と縁を切ってしまうかもしれないと。だから私は言えなかった」

そこで島津はがくりと肩を落とした。

「申し訳ない。まさか慎之介くんが、私より先に亡くなると……思ってもいなかったんだ」

島津は兄弟として柏木に会わせたいと思っていたのだろう。それが柏木の死によって崩れ、混乱しているように見えた。

「私は、周囲の反対を押しのけても、三花と結婚しなかった自分も悪いと思っている。すまなかった」

島津が謝る必要はない。それでもきっと彼は謝りたいのだろう。薫は黙って頷いた。

「私が話せることはこれくらいだ。どうしても今、薫に話しておきたかった」

そこで島津が浮かべた、何かを吹っ切ったような笑顔で気がついた。この人はもう自分の死を覚悟している。そんな人に何も言えることはなかった。

「教えてもらえてよかったです。それでもまだ……父さんと、呼んでもいいですか」

薫が父さんと呼んだのは島津だけだ。これまでも、これからも。母を苦しめた実の父親を、父さんとなんて呼ぶつもりはない。

「もちろんだよ。薫、……できるなら史弥を支えてあげてくれ。あれはどうにも家族の縁が薄い。心を許しているのは君だけだ」

それは妻の澪子に言うべきことではないか。そう思っても薫は口にせず、島津の手をぎゅっと握った。

話を終えた島津は疲れたようでベッドに横たわった。長居しすぎたと薫は立ち上がる。

「今日は失礼します。……また近いうちに来ます」

「ああ、待っているよ」

島津の寝室を出る。ドアから少し離れたところで、深く息を吐いた。

まさかこんな話だとは思わなかった。知らされた事実を受け止めきれない。今ここに史弥がいれば、すべて話して感情を整理できたかもしれないのに。

とにかくここを出よう。玄関へ向かう廊下の途中、階段に座る澪子が見えた。

「いらっしゃったと聞いて、お待ちしていました」

すっと立ち上がった澪子が軽く頭を下げる。彼女と顔を合わせるのは妊娠を告げられた時以来だ。つまり史弥と関係を持ってからは初めてこうして会うことになる。

正直に言うと、会いたくなかった。不倫相手となってしまった自分が顔を合わせる資格はないとも思っていた。

「お出かけですか」

やましさから澪子の目を見ることができず、床に目を落として聞いた。

「ええ、これから選挙事務所に」

微笑む姿の印象が少しだけ柔らかくなっている。

「大変ですね」

「政治家の妻になるからにはこれくらいしないと。でも薫さんがいらしていると聞いて、ここでお待ちしていました。少しお話ししたくて」

いいですよね、と有無を言わさない態度で一歩、近づいてくる。薫は頷くしかできなかった。

「史弥さんの部屋に行きましょう」

「分かりました」

足音も立てずに歩く澪子の後ろに続く。離れの方に進んでいくのを不思議に思っていると、澪子があるドアの前で足を止めた。

「こちらで」

「……ここで？」

思わず聞いてしまう。だってここは、薫が生活していた部屋だ。

「このお部屋、薫さんが使っていたと聞きました」

「ええ」

澪子がドアを開ける。中を覗いて薫は固まった。机もベッドも、好きだった映画のポスターもそのままだ。

薫がつけてしまったスーツケースの傷もそのまま残っていた。

「今は史弥さんの部屋のひとつです。ああ、ここに連れてきたことはご内密に」

ふふ、と楽しそうに笑った彼女は、静かに切り出す。

「誰かに聞かれると困るので、手短にお話しします。どうか私のことは気にしないでください」

よく通る声が続けた。

「知っていますから」

「……え？」

「史弥さんがずっと薫さんを好きだって、知っていました」

笑顔の圧が殴り掛かってくる錯覚に後ずさった。今、彼女はなんて言った……？

「そんなに驚かなくても。知ってはいますけど、私は他人の恋愛に興味ないんで安心してください。ただ薫さんが気にするかもしれないから言っておきたくて」

「何を、ですか」

得体の知れない、ぬるりとしたものが肌にまとわりついてくる。薫はその場から一歩も動けなかった。

「私の存在です。私は島津史弥の妻になりました。これからは必要であれば政治家の彼のサポートもします。でもそれはすべて、……この子のためなんです」

彼女はなだらかな曲線を描く腹部を撫でた。

「私が愛しているのは柏木慎之介だけです」

迷いもなく言い切る強さが羨ましい。この世にもういない人を愛し抜けると、彼女は疑っていないのだ。

「彼との子どもを何不自由なく育てたい。そのために私は史弥さんを利用します。史弥さんも世間体のために私を利用します。私たちの関係はそれだけです」

共犯者の顔だった。二人の利害関係がそんなにうまく一致したのは運命なのだろうか。そうだとしたら随分と残酷だと思う。

愛のない夫婦だが、せめて子どもだけは愛してほしいと思った。薫が黙っていると、澪子は目を伏せた。

「つまりどういうことかと言うと、……史弥さんを、愛してあげてください。私が言うことではないと分かっていますけど、薫さんがいないとあの人はきっと駄目になってしまう」

優しく諭されても、そのいかにも妻としての言い方にもやもやしてしまう。

これは嫉妬だ。自分は彼女の位置に立てないという事実を突きつけられて、悔しいのだ。

唇を噛む。いつの間にこんな気持ちを抱くようになってしまったのだろう。胸に巣食う悔しさを、だが吹き飛ばすのもまた彼女だった。

「あの人が駄目になってしまうと、結婚した意味がないので」

美しい顔でひどいことを言う人だ。でもだからこそ、史弥は彼女を選んだと理解できた。彼女はきっと、史弥を好きにならない。

「俺に何ができるかはまだよく分からないけど、でも……俺なりに、支えたいとは思っています」

島津とも約束をした。これは誓ってもいいだろう。澪子のように史弥の横に立てなくとも、心を支えることはできるはずだ。

「よかった。それを聞いて安心しました」

ふわりと微笑む姿が、本心なのか演技なのか区別がつかない。もしかすると彼女は二十四時間、沢渡澪子という人生を演じているのかもしれないと思った。

「もうこんな時間。私はそろそろ出ますけど、ご一緒します？」

「いえ、お気遣いなく」

「そうですか。それではまた」

澪子はさっさと出ていく。史弥の部屋に置いていかれそうになり、薫は慌てて追いかけた。

「では」

玄関から裏に回って、勝手口から外に出た。

この家は自分の知らないことがたくさん詰まっていて怖い。少しでも早く離れたくて、足早に駅へ向かう。

そのまま期日前投票を済ませて帰宅した。途中で史弥にメッセージを送ったけど返事はなかった。

自宅に帰り、そこでやっと、今日分かったことを整理する。

自分は、柏木桐成の息子だった。史弥とは血の繋がりはなかった。史弥の妻も自分たちのことを認めている。事実だけをまとめれば悪くない展開なのに、心が重たい。

はたして史弥はどこまで知っているのだろう。きちんと話して、それからちゃんと、これから先のことを考えようと思った。もしかしたら遠い未来に、史弥をそばで支える日がくるだろうか。ほんの少し想像して、でもいやだなと首を振る。舞台で生きていくと決めたんだ。それを史弥のために諦めたくはない。

その日、史弥からメッセージが届いたのは夜遅くだった。

『今日、来てくれてありがとう。父さんは喜んでたよ』

島津は史弥に今日の話をどこまでしたのだろう。この一文だけでは何も分からない。

『おつかれさま。選挙が終わったら、ゆっくり話そう。今はとにかく選挙、頑張れよ』

それを送るのが、今の薫の精いっぱいだった。


「ありがとうございました！」

東京公演の千秋楽は、スタンディングオベーションで終わった。

いい舞台だった。最後までぜんぶ出し切れた気がする。最後の挨拶で隣に立っていた郁真は泣いてしまい、それをごまかすように抱きついてきたからつられて涙が出た。長男役の蓑原が挨拶をしめてくれて助かった。

「またやりたいな」

「ええ、三兄弟でやりましょう」

「うっ、……やりたい、ですっ……」

泣くなよと郁真の背を叩きながら楽屋に戻る。途中で会うスタッフも共演者もみんな笑顔だ。

ここが自分の居場所だ。強くそう思った今ならなんでもできそうな気がする。

メイクを落とし簡単にシャワーを浴びて、楽屋を片付ける。まだ高揚感に満ちていたので打ち上げの一次会だけ顔を出した。

途中でネットのニュースを確認する。既に開票は始まっていた。史弥にはもう当確が出ている。

よかった。ほっとしたらタガが外れたのか、いつもより飲んでしまった。隣にいた郁真に心配されたのを理由に二次会は断って、タクシーで帰宅する。

「……まで、お願いします」

自宅の住所を告げ、シートベルトを締める。バッグからスマートフォンを取り出した時、指に硬いものが触れた。

カードキーだ。史弥の仕事場の。――これを今日、使ってみようか。

「すみません、行先変更していいですか」

考える前に身を乗り出して、ドライバーに声をかけていた。

「え、はい、どこです?」

仕事場の住所を告げる。動きだしたタクシーの中で、史弥にメッセージを送った。

『当選おめでとう』

まずはそれだけ。それから改めて送る。

『待ってる』

その一文だけできっと通じる。そう信じて、薫は車窓の向こうに目を向けた。夜の街が奇妙なほど静かに映る。月には靄がかかっていた。

季節はもう春ではないけれど、朧月夜だなと思った。たぶんこんな靄や霧のかかった月を見る度に自分はそう思うだろう。月が溺れたあの夜に、すべてが始まったのだから。

史弥の仕事場に着くと、まず鼻歌混じりに手を洗い、うがいをした。ソファに座ってリモコンをとった。テレビを点ける。

既に選挙特番は終わっている時間だ。それでもチャンネルを変えているうちに、史弥の当選インタビューが流される。

当選を喜ぶ史弥の隣には澪子がいる。並んでいるとよく似合う二人だ。不思議なほど穏やかな気持ちで見られるのは、心に余裕があるからだろうか。

シャワーを浴びて、置いてあった史弥の服を着た。ベッドに横たわる。史弥からの返事はない。それでも彼はきっとくると、薫は信じている。

何かが動く音がする。沈んでいた意識が浮き上がると同時に目の前が急に明るくなって、薫は目を眇めた。

どうやらベッドに横たわっていて眠ってしまったらしい。妙にすっきりした頭で体を起こす。

声に顔を上げる。史弥が寝室の入り口に立っていた。

「ごめん、遅くなって」

「おかえり」

ごく自然に口にしたその一言に、史弥の目が輝いた。

「ただいま。……兄さんに迎えてもらうの、嬉しいな」

そばに寄ってきた史弥は、やはり疲れた顔をしていた。

「今、何時？」

腕時計を外そうとしている史弥に聞く。

「三時半。六時前には出ないとまずいから、二時間くらいしかいられないと思う」

「そうか。そんな時に悪いな」

無理をさせてしまった。申し訳ないと思うが、それと同じくらい、それでも史弥が自分のところに来てくれたという事実に満たされる。

自分はもうどこかが壊れてしまったのだ。

まだ何が正しいことかは分かる。けれど、正しいことを選ばなくなっている。

どこでそうなってしまったのかは分からない。ただひとつ確実に言えるのは、目の前にいるこの数年間だけ弟だった男が、愛しくてたまらないということだけ。

「とにかくおつかれさま。当選してよかったな」

詳しい票数は知らないが、ニュースでは圧勝と言われていた。

「ありがとう。兄さんも千秋楽おつかれさま。少しはゆっくりできるの？」

「ああ。だからまた、父さんのところに行くよ」

「そうしてあげて」

微笑んだ史弥がスーツの上着を脱いだ。ネクタイを緩める姿を眺めながら、それで、と続ける。

「俺の父親のこと、聞いた」

「……そう。聞いちゃったんだ」

脱いだ上着を壁際の棚に放り、史弥が近づいてくる。その様子で分かった。

「知ってたんだな」

「うん」

即答に笑ってしまった。そうか、史弥は知っていたのか。

「でも、父さんは俺が知っているって知らないよ。俺は柏木に聞いたから」

「……そうか、柏木から。なるほど」

そちらから聞いていたとは思っていなかった。史弥はベッドに腰を下ろすと、薫の髪にそっと触れる。

「柏木はずっと悩んでいた。兄さんに言いたかったみたい。でも自分の父親がやったことが非道すぎて躊躇してた」

「まあ、……正直、まだショックを受けるところまでたどり着けてない。自分のことじゃないみたいで」

でも、と薫は目を伏せた。

「一度でもいいから慎之介さんを兄さんって、呼んでみたかったな」

そばにいたのに言えなかった。それが残念な気持ちはある。

「そうだな。代わりに、うちの子をかわいがってあげて。澪子のお腹にいる子どもは、本当に兄さんの甥だから」

「！　……そうか、そうだな」

言われて初めて気がついた。史弥と血の繋がりがない子どもは、しかし薫の血縁になるのだ。どうしてそこに思い至らなかったのか、自分の思考回路が不思議だ。色々とありすぎて、まだ整理できていないのかもしれない。

「俺が責任もって育てるから、それは安心して」

史弥が薫との距離を詰めた。

「終わったら話したかったことってそれ？」

黙って頷く。史弥はそう、と視線を上に向けた。

「じゃあぜんぶ、話しておくよ」

柏木のこと、と史弥が切り出した。

「柏木は会社の今後のため、取引先の娘との縁談が持ち上がっていた。あいつはそれをうまく断れなかった。そんな中、澪子が妊娠した。それなのに縁談を断りきれず、……逃げた」

「逃げた？」

縁談の話は知らなかった。跡を継ぐから忙しいと笑っていた姿を思い出す。その裏でそんな悩みを抱えていたなんて、知らなかった。

「そう。運転中の事故死ってことになってるけど、事故が起きるような場所じゃなかった。遺書のようなものがあったしたぶん自殺だろうね。でもまあ、あいつがしたことは親がしたことと同じだよ」

親がしたこと。島津の話を思い出す。結婚しているのに薫の母にプロポーズした男。それが自分の父親だということが、薫の胸を痛めた。

「それで俺ができたんだもんな……」

「そういうことは兄さんを否定するようで言いたくないけど、まあそうだね。たぶん推測だけど」

そこまで口にして、なぜか史弥は口を噤んだ。

「なんだよ、ちゃんと言えよ」

「うん、まあこれは俺と柏木の推測だけど、……柏木桐成は、父さんのことが好きだったと思うんだ」

「……どういうことだ？」

島津は、柏木桐成が薫の母を好きだったと言った。でも史弥は違うことを言う。どちらを信じればいいのか分からない。

「柏木が遺品を整理したら、父さんへの想いを綴ったものが出てきたんだ。かなり歪んだものもあったから、たぶん、……三花さんに手を出したのも、それが理由じゃないかって」

「最低だな」

「俺もそう思うよ」

「……なんだよ、……俺、そんな人の子どもなのか」

それなら島津の子どもでありたかった。そう願うのは都合がよすぎるだろうか。

「……黙ってた俺のこと、軽蔑する？」

史弥が上目遣いをしてくる。

「いや。もし血の繋がった兄弟じゃないと知ってたら、……少しは罪悪感が減ったから、教えてほしかったけど」

「ごめん」

史弥は素直に謝った。

「夏休みを一緒に過ごした頃から好きだったから、兄弟になりたくないと思った。島津の家にいる兄さんは幸せそうじゃなくて後悔もした。でも一度なってしまったら、その絆を失くすのも怖くなった」

震える声と共に、彼の手が薫の手を握った。

「兄弟じゃなくなっても、そばにいてほしい。どうしようもなく、兄さんが好きなんだ」

勝手なことばかり言う横顔を眺める。彼は欲しいものをすべて手にしたいのだろう。そしてその欲しいものの中に、自分がいることは嬉しい。

「俺はお前の側近にはなれない。政治の世界に行くつもりもない」

史弥がぎゅっと目をつぶる。そんな苦しそうな顔をしなくたっていいのに。そっと彼の手を握り返した。

「でも、……こうして、そばにいることはできる」

史弥の肩に手を回す。驚いた顔をした彼にそのまま体重をかけて、ベッドに押し倒した。

「……兄さん？」

目を丸くしている史弥のシャツに手をかける。

実の父は、友人に歪んだ愛情を抱いてその元婚約者に求婚した。異母兄は、取引先からの縁談を断りきれず、妊娠した恋人の前から逃げた。

どっちもひどい男だ。そしてきっとその血が、自分の中にも流れている。そう開き直った瞬間、自分の中で何かが始まった。

「覚悟は決めた。……好きだよ、史弥」

熱に浮かされていない状態で、面と向かってそう言ったのはたぶん初めてだ。

「っ……！」

驚きに見開かれた史弥に顔を近づける。そっと触れるだけのキスをすると、彼の顔が真っ赤になった。

随分とかわいい反応をする。慣れているように見えたが意外とそうでもないのかもしれない。

「夢みたいだ……」

「夢にしとくか？」

史弥の体に跨る形になって見下ろす。がばっと起き上がった史弥が抱きついてきた。

「だめだ。夢になんかしない」

後頭部に手が回り、引き寄せられる。噛りつくようなキスをされた。

「んっ……」

角度を変えて唇を吸いながら、史弥の首に腕を回す。すっかり史弥とのキスに慣れてしまった自分に気がついて苦笑する。

「はぁ、……っ……」

唇の表面を舐めた史弥の舌が、口内に入ってくる。それに吸いついたら、史弥の体がぶるりと震えた。感じているのだ。それが分かったらやめられなくなって、熱心に舌を舐めしゃぶってしまう。逃げようとすると追いかけて、彼の口内を舌先で探りもした。

史弥の手が薫の服にかかる。脱ぎやすいように協力して、次は史弥を脱がせた。

お互いに何も身に着けず、改めて肌を重ねる。そうすると鼓動の激しさが伝わってきた。自分たちは何を急いでいるのだろう。頭の片隅で疑問に思いながらも、二人でベッドに転がった。

首筋に吸いつかれる。痕を残されるのは困る。分かっていても、でも今は、止める気になれなかった。

「……史弥、っ……」

キスをねだるとすぐに応えてくれる。唇を重ねながら、お互いの肌を探った。史弥の指は薫の胸元を撫で、乳首を摘まんだり引っ張ったりして弄ぶ。

お返しに史弥の耳に唇を寄せて噛んでやる。史弥が息を荒くしながら手を薫の下肢へ向けた。

「兄さん、見てここ」

ほら、と史弥が薫の昂ぶりを摑んだ。彼の手のひらに包まれたそこがびくびくと跳ねる。

「ひっ」

窪みを指の腹で擦られて、腰が跳ねた。しどけなく開いた足を大きく広げられて、史弥の指が最奥を探る。

ベッドサイドに手を伸ばした史弥は、ボトルからローションを手のひらに出すと、それを指に馴染ませた。それをぼんやりと見ていると、目が合った史弥が笑う。

「力を抜いてて。俺が入る準備をするから」

そんなこと宣言しないでほしい。これからされることを意識して頰が一気に熱くなる。ぬめりをまとった指が最奥に触れる。表面を潤すとすぐに中へ指が入ってきた。そしてそれを、薫の体は受け入れてしまう。

「……あ、くるっ……」

埋められた指で、ゆっくりと中をかき回される。もどかしい刺激に腰が揺れた。そこじゃない、もっとと言いかけて開いた唇を、次の瞬間には嚙んでいた。

「ひっ、……やっ」

史弥の指が薫の弱みを容赦なく押すから、目の前がちかちかと点滅したみたいになる。指の数が増やされてまたかき回すことから繰り返されて、自然と薫の腰も揺れ始めた。

この先にあるものをもうこの体は知っている。それがどれだけの快感を伴うことなのかも、覚えてしまった。そのせいで、体の奥が疼いてどうしようもない。

脇を舐められるくすぐったさに身をよじる。太ももに当たった史弥の昂ぶりがいっそう硬くなるのが分かった。

「ごめん、もう挿れたい」

史弥が額に張りついた髪をかき上げて言った。今日の彼はひどく余裕がない。

「いいよ、……きて」

投げ出した足を少しだけ広げる。後ろへの刺激で既に昂ぶりは先端から蜜を零している。薫の準備もできているのだ。

史弥は真顔で薫の両足を肩へと担ぐ。そうして後孔に、熱いものが宛がわれた。

ゆっくりとそこを広げられる。痛みも違和感もある。でもそれ以上に、早く、と思った。この体は史弥に飢えている。

「あっ……」

張り出した先端が潜り込む。息をついたその時、史弥は薫を一気に奥まで貫いた。

「え、……だめっ、ああっ……」

びくとその場で体が波打つ。達したかと思うような衝撃で、全身から力が抜けた。

「ごめん、ちょっと焦った」

宥めるように髪を撫でられ、首筋に唇が落とされる。それでもびくびくと不規則に跳ねる体が止まらない。

「ん、……ちょっと、待って……」

史弥が抱きしめてきた。お互いの汗ばんだ肌を合わせ、その鼓動が重なるまでそうしていた。

「もう平気?」

薫の表情を窺っていた史弥が問う。黙って頷くと、彼はゆっくりと動きだした。

「ん、あ、それだめっ……」

ずるずると引き抜かれる強烈な感覚に、手足の指が丸まった。息が止まる。史弥が出ていくのをいやがるように後孔が窄まった。そこへまた、形を覚えこませるような丁寧さで奥まで穿たれる。

「っ、あ……」

「奥も感じるようになっちゃったね」

史弥が満足そうな声を漏らしながら、奥をこねる。

奥を突かれるのが怖かったのは最初だけだ。すぐにそこに快感があるとこの体は覚えてしまって、今もねだるように吸いついていた。

「気持ちいい？」

耳朶を軽く引っ張られて聞かれ、何度も頷いた。

「あ、いい、……気持ちいいっ」

体の深いところで感じる快感は、性器への直接的な刺激で得るものとは違う。

弱いところも狙って突かれ、体の芯が蕩けるような快感に酔った。

ふと窓の外が目に入った。夜が薄くなってきている。このまま二人で夜に溶けてしまえればいいのにと願いながら、史弥の背に腕を回した。そこから腰までを撫でおろす。びくっと跳ねたのに満足して口元を緩めた。

「ん、……そんなことされたらすぐにいきそう。兄さんの中、気持ちがよすぎるんだよ」

肌と肌がぶつかる音を立てながら貫かれる。抱きしめられているせいで、昂った性器は史弥の腹筋に擦られていた。同時に与えられる感覚が薫を絡めとり、何も考えられなくなる。

「もういきそう？」

軽く扱かれただけで、達しそうになった。腰を震わせた薫を見て状態を察したのか、史弥の指が根元を軽く摑む。

「俺もそんなにもたないと思うから、一緒にいこう」

薫の返事も聞かず、史弥が腰を振る。乱暴なくらいの激しさが求められる喜びに変わって、薫を満たした。

射精のタイミングを委ねる不安も、もう薫には残っていない。

「はぁ、……好きだよ、兄さん」

どこか幼さの残る声で言われて、目を細めた。こんなにいやらしいことをしていても、かわいいという感情が消えない。

「……、ふみ、や……」

名前を呼んだ瞬間、彼のまとう空気が一変した。

「なにそれ。そんな顔で俺の名前を呼ぶの？」

史弥の目が輝く。

「最高だよ、兄さん。愛してる、ずっと、ずっと愛してるんだ」

そう言わずにいられないとばかりの熱烈な愛してるを浴びて、薫の体が溶けていく。次から次へと体の奥底から快感がやってきて、もう限界だ。

抜け出したものが、浅い部分を何度か往復した。その度に体をくねらせて喘ぐ。

「もう、いきた、い……」

こちらを見つめる史弥に訴える。どうすれば彼は欲しいものをくれるだろう。熱に浮かされた頭で考える。

「ねぇ」

史弥の視線を意識しながら、唇を舐めた。

「……史弥の、飲ませて」

ひどい誘い方だと思う。だけど史弥には響いたらしい。それでいい。他の誰でもなく、史弥が喜んでさえくれればいいのだから。

史弥が唇の端を歪める。

「いいよ、……いっぱい飲んで」

兄さん。

その背徳的な響きと共に、頂点を目指して呼吸を合わせていく。目の前が白くなり、ぴんと節が伸びた。史弥の手が腰を掴む。

「っ、いくっ……！」

体中の熱が一ヵ所に集中する。どくどくと最奥で放たれる熱を飲みながら、薫は達した。

「っ、……はぁ」

射精した直後の気だるい体を抱きしめられ、唇を重ねる。舌先を絡めながら、薫は薄目で窓の外を見た。朝がきている。

溺れる月は、もう見えない。その代わりとばかりに、薫は史弥と共に淫らな愛に溺れる。

親たちの絡まりあった関係から始まった、舞台の続きだ。残された自分と史弥で、精いっぱい生きていこう。いつか幕を下ろすその日まで。

「おいで、史弥」

もっと奥まで。誘うように囁いた薫を、史弥の腕が強く抱きしめた。

あとがき

こんにちは、藍生有(あいおゆう)と申します。この度は『蜜月の幕があがる』を手に取っていただき、どうもありがとうございます。

今回は若手政治家と2・5次元俳優の元義兄弟の話をお送りしました。楽しんでいただけると嬉(うれ)しいです。

改めて書くことではないかもしれませんが、どちらにも特定のモデルはいませんのでご安心ください。

この話のプロット自体は前作より先に作りました。その時は元義兄弟の湿度の高い話を目指していたのです。

しかし書き始めてまずこだわりたくなったのは、「生えかけの脇(わき)」でした。薫(かおる)の職業が深く関係しているとはいえ、なぜ出発点がそこなのか。自分でもさっぱり分からないのですが、とにかく少しでもその場面が書けて満足しています。

剃るのもないのもいいですが、生えかけにもロマンがある。同志の方はぜひご感想をお寄せください、お待ちしております。

仕事上、薫はこれからも定期的にその状態になるので、目覚めてしまった史弥はきっと幸せでしょう。仕事には真剣で真摯な史弥の癒しになっていると思いたいです。この後の巻末ＳＳでその姿をご確認ください。

プロットにいなかったのに活躍してしまった郁真と利人もどこかで書きたいです。かなりふりきった年上受になるかなと思います。


イラストは慧先生にお願いいたしました。薫の硬質な色気は推したくなりますね！　観劇の際はお写真をセットで買わせて欲しいです。

史弥も知的で格好良くて、できるなら投票したくなりました。

表紙の薫の手がなんともいえない位置にあるのがとても素敵です。お忙しい中、麗しいイラストをどうもありがとうございました！


この本を手に取っていただいた皆様、どうもありがとうございます。

なにかと落ち着かない世の中がまだ続いていますが、少しでも楽しんでいただけるものをお送りしたいと考えています。

これからも引き続き応援いただきますよう、お願いいたします。

藍生　有

朧月夜に溺れる

エレベーターに乗り込んですぐ、島津史弥は深く息を吐いた。

新米議員はとにかく忙しい。

二期目で年齢も若い史弥は、率先して動き回らなければいけない日々を過ごしている。知っていることも勉強になるという顔で聞いて、嫌味には気づかないフリをして、殊勝に振舞う。耳に入れるべきことはタイミングよく報告して、立てるべき人を立てる。とにかくたくさんの人と会い、話を聞く。

そんな忙しない毎日は、とにかく疲れる。

いずれは進む道だと思っていたが、予定より十年は早かった。できればもっと地固めしておきたかったが、父の体調問題はどうしようもない。今はまず勉強の時期だと理解してはいるが、時々ぜんぶ投げ出したくなる。

それでも、進むしかない。それが自分の運命だと史弥は信じていた。支えて欲しいと願った人は隣を走ってはくれないが、こうして疲れた夜に待っていてくれる。ずっと恋焦がれていた舟沢薫を今日も抱きしめられると考えただけで頑張れるのだ。

『――お前はどこまで知っているんだ』

昨夜、自宅で顔を合わせた父との会話を不意に思い出した。

『……なんのことかな』

何が言いたいのか察しても、史弥ははぐらかした。父はため息をつき、首を横に振った。

『誰に似たんだか』

『父親似だとよく言われるけど』

そう返して笑った自分の顔は、きっと父に似ていただろう。どんな手を使ってでも愛している人を手に入れたい、そんな男の顔だったに違いない。

『……傷つけるなよ』

誰を、と父は言わなかった。そこで会話は終わった。きっと父とこの話をするのはこれで最後だろうなと思った。

父が愛したのは、薫の母だけではない。

父がまず愛したのは、柏木桐成だ。二人が深く愛し合っていたのは、柏木が残した日記や手紙を読めば分かった。だが二人はすれ違い、父が桐成を捨てた。そして父は薫の母を愛したが別れ、柏木は復讐の感情を持って近づいた薫の母を愛してしまった。

事実を知った息子、慎之介は手紙と日記を持って史弥に相談してきた。取り乱す慎之介を宥めながら、史弥はつい聞いていた。

『薫が義弟だって、知らなかったの？』

慎之介の薫に対する態度は、なんとなく他人に対するものと思えなかった。その問いに、慎之介はゆっくりと首を縦に振った。

『それはなんとなく知ってた。父さんは薫と仲良くしろっていうけど、母さんはいやそうだったし。でも、こんな、父さんが島津さんとなんて、しかもあてつけみたいなことまでして、……好きならちゃんと、けじめをつけないと。最低だよ』

混乱しているのはそこなのかと史弥はやっと理解した。慎之介はまず同性間での恋愛を受け止めきれていない。そして父の不貞行為も裏切りだと感じている。

ここで下手な慰めは逆効果になると判断して、史弥は無言でいた。そこで実は、と慎之介が口を開く。

『うちの父親、冷たい蕎麦と温かい天ぷらの組み合わせがいやなんだって』

同じことを薫も言った。中学生の頃、慎之介に連れられて蕎麦を食べに行ったあの日だ。

『そんなところ、似なくていいのにな』

笑おうとして失敗したみたいな慎之介の顔を、きっと忘れることはないだろう。

そうして悩んでも結局は父親と似た道を辿ってしまった慎之介。彼を愛し、彼の子どもを島津の人間として育てる道を選んだ澪子。そして、史弥の愛に応えた薫。

誰も幸せじゃない関係のなれの果て、自分だけが欲しかったものを手に入れている。薄暗い喜びに史弥は口元を緩めた。

エレベーターがわずかに揺れ、目的階への到着を告げる。玄関のドアを開け、靴があるのを確認しただけで、胸が高鳴った。

仕事場として用意したこの部屋が、蜜月(みつげつ)の舞台だ。

「ただいま」

程よく冷えたリビングに顔を出す。ソファに座って手元の紙の束を見ていた薫が、史弥に微笑んだ。

「おかえり」

その一言が、今日の疲れを一気に吹き飛ばしてくれる。Tシャツにハーフパンツというラフな格好の薫をすぐにでも抱きしめたいけれど、そうしたらもう止められなくなりそうで自制した。

「先にシャワー浴びてくる」

「うん。何か食べる?」

いらないと言いかけて、その問いがこの部屋で初めてだと気が付いた。もちろんキッチンはあるが、史弥はほとんど使っていない。最低限の調理器具も揃(そろ)っていなかったはずだ。

「何かあるの?」

純粋な疑問を口にする。

「サラダチキンとブロッコリーとゆで卵のサラダと、海老のマリネとツナサラダがある。

作ったけど食べきれなくて持ってきた」

筋肉をつけようとするメニューだろうか。キャラクターに外見を似せるために体型まで調整するプロ意識には感心する。そして薫の手作りなら、何があっても食べたい。

「食べたい。絶対に食べる」

「ん、じゃあ冷蔵庫に入ってるから好きに食べて。メイン的なものはないから豆腐でも」

「分かった」

スーツを脱いでネクタイを外す。薫が差し出してくれたハンガーにかけて、バスルームに向かった。

シャワーを浴びて、一日の疲れを流す。髪と体を洗いながら、さっきまでのやりとりを反芻した。

ただいま、おかえり。ごく普通のやりとりだ。同じ家にいる時には何度もした。でもそれとは響きが違う。ここにいるのは、自分と薫の二人だけ。

島津の家に薫が来た時は嬉しかったけれど、すぐに憂鬱な気分になった。長野にいる時とは違って窮屈そうな薫の姿を見ていられず、会話も減った。周りの目を気にしたのもあるが、なにより自分の気持ちに気づかれて、薫を傷つけたくなかった。

違うな、と史弥は自分の考えを否定した。違う、あの頃の自分は、薫が離れていくのが怖くて遠巻きにしか見ることができなくなっていた。嫌われたくなかった。血の繋がらない義理の兄弟という関係が、当時の史弥には居心地が悪すぎた。

こうして考えると、薫を手に入れるまで時間がかかった。これからはただ、二人だけの世界を作っていこう。新たに誓って、シャワーを終えた。

体を拭き、下着だけを身に着けた状態で鏡の前で髪を乾かしていると、薫が顔を出した。彼が持っているのは化粧水のボトルだ。

「先に塗るから、目を閉じてじっとしてて」

「ん」

ドライヤーを止めて目を閉じる。顔に化粧水を塗られるのにはもう慣れた。薫の手が触れて、そっと撫でてくれるのは気持ちいい。べたべたした感触が残るのはまだちょっと苦手だ。

「はい、もういいよ」

「ありがとう」

お礼とばかりに口づける。薫は小さく笑って、同じように触れるだけのキスを返した。

そのまま薫の後頭部に手を回し、口づけを深くする。ちらりと横目で確認した鏡には、うっとりと目を閉じた薫の横顔。

好き、だ。こみあげてくる気持ちのままに抱きしめる。首筋に顔を埋めると、自分と同じボディソープのにおいがする。たまらない。

Tシャツの裾から手を入れて肌を撫でる。しっかりと筋肉がついているが骨の感触が際立つ体、吸いつくような肌、そのすべてに触れたい。

「んっ」

くすぐったそうに身をよじる薫からTシャツを脱がせ、ハーフパンツも床に落としてしまう。薫の手が史弥の首に回る。その隙に無防備になった脇を指で確認する。

「や、っ……」

指先に硬く短い毛の感触がある。それを指先で弄んでいると、唇が離された。

「なんでそこ、触るんだよ……」

潤んだ瞳に睨みつけられる。薫は史弥が脇や手足の体毛に触れるのをいやがる。何もない時も、ぽつぽつと生えかけの毛の時も、どちらも恥ずかしいらしい。

「好きだからだけど」

別に人間なんだから体毛くらいあるから気にしなくてもいい。口ではそう言うが、正直にいうと史弥はとても興奮している。

自分にこんな趣味があるなんて知らなかった。あるはずのものがないのもいいが、芽生えようとしているのもいい。結局、薫ならなんでもいい。

その気持ちを伝えるべく、史弥は薫に噛みつくようなキスをした。夜はまだ長い。蜜月の幕はまだあがったばかりだ。

『蜜月の幕があがる』、いかがでしたか？

藍生(あいお) 有(ゆう)先生、イラストの慧(けい)先生への、みなさまのお便りをお待ちしております。

藍生 有先生のファンレターのあて先

〒112-8001 東京都文京区音羽２-12-21 講談社 文芸第三出版部「藍生 有先生」係

慧先生のファンレターのあて先

〒112-8001 東京都文京区音羽２-12-21 講談社 文芸第三出版部「慧先生」係

N.D.C.913　255p　15cm

藍生 有（あいお・ゆう）
8/7生まれ・AB型
北海道出身
好きなものはチョコレート
趣味はクリアファイル集め
Twitter　@aio_u

蜜月(みつげつ)の幕(まく)があがる
藍生(あいお) 有(ゆう)
●
2021年7月2日　第1刷発行

定価はカバーに表示してあります。
発行者――鈴木章一
発行所――株式会社 講談社
東京都文京区音羽2-12-21 〒112-8001
電話 編集 03-5395-3507
販売 03-5395-5817
業務 03-5395-3615
本文印刷―豊国印刷株式会社
製本――株式会社国宝社
カバー印刷―半七写真印刷工業株式会社
本文データ制作―講談社デジタル製作
デザイン―山口　馨

ISBN978-4-06-523812-7